DER KÄFIG
Feuerengel vs Tigerherz

Michael Ulmer

KAPITEL

www.sternarium.ch

© 2022 Michael Ulmer

Buch und Cover:
Michael Ulmer

Herstellung und Verlag:
BoD - Books on Demand,
Norderstedt

ISBN: 978-3-7562-0929-3

In der Unterwelt einer Metropole irgendwo auf dieser Erde unterhält ein skrupelloser Tycoon eine Kickboxschule voller wilder, unzähmbarer Jugendlicher mit dem einzigen Zweck, sie so abzurichten und aufeinander zu hetzten, dass sie sich vor Publikum zu Tode prügeln. Schonungslos. Brutal. Ohne Entkommen. Das ist

DER KÄFIG

Feuerengel

vs

Tigerherz

„Alles ist erlaubt. Im Käfig ist alles möglich! "
— der Boss.

Michael Ulmer

I

9

Die Menge tobte. Eingeschüchtert sah er sich um. Die Leute vor dem Gitter schrien und johlten. Immer wieder war ihre Parole zu hören:

„Dreh im den Hals um, dreh ihm den Hals um!"

Es waren fiese, schadenfrohe bis mordlustige Blicke, die ihm die Leute zuwarfen. Nein, er war es nicht, den sie aufforderten, sondern ihn. Den Anderen. Er kannte ihn kaum. Er hatte ihn vielleicht ein oder zwei Male gesehen. Er war älter. Und er hatte einen Namen.

Natürlich im Käfig hatte er ihn schon kämpfen gesehen. Manchmal durften sie

10

zusehen. Zusehen wie die Älteren kämpften. Welche Tricks sie brauchten, damit sie, die Jüngeren, daraus lernten. Denn nun musste er ihn besiegen. Das hatte der Boss gesagt – Sieg oder Tod.

„Entweder du oder er, einer von euch beiden wird wohl heute Abend sterben!", so hatte es der Boss gesagt und dabei gegrinst. Er hatte nichts geantwortet. Aber er hatte gezittert. Er zitterte noch immer. Und die Leute schrien:

„Dreh ihm den Hals um, dreh ihm den Hals um!"

Sie schlugen mit ihren Händen gegen die Gitter. Von allen Seiten. Manche schlugen auch mit Bierdosen. Es schwappte über, spritze, benässte die Bretter. Es stank, fand er. Es ekelte ihn. Und hinter seiner Furcht begann etwas anderes sich zu regen. Es war dunkel, es war finster – heiss und kalt zugleich. Was tat der Andere auch so lange? Der Andere sonnte sich im Applaus, obwohl er schon lange zu ihm durch das schmale Türchen in den Käfig geschlüpft war und sich nun in eine entfernte Ecke zurückgezogen hatte.

Wieder ergriff ihn die Furcht. Der Andere war grösser. Er war älter, stärker und hatte Erfahrung. Der hatte schon getötet.

12

Würde er also heute sterben?
Hier? Auf diesen Brettern?
Wo es stank nach billigen
Zigaretten, Urin und Bier?
Das Geschrei hämmerte in
seinem Kopf. Kein klarer
Gedanke war zu fassen. Fast
wie in Trance torkelte er
ein wenig. Seine Stirn
zog sich zusammen. Seine
Adern pochten. Pochten im
Gleichschlag der Hände und
Füsse. Pochte im Singsang
der Menge.

„Dreh ihm den Hals um, dreh
ihm den Hals um!"

Er sah ihn. Wie er im Käfig
stand. Er lachte, drehte
sich im Kreis. Winkte
den johlenden und sich
gebärdenden Leuten vor
dem Gitter. Glaubte er, so

13

leichtes Spiel zu haben?

Er konnte kaum noch sehen oder hören. Er oder der Andere. Der Andere oder er. Es ging ihm immer wieder durch den Kopf. Tod oder Sieg. Konnte er jemanden töten? Aber – er wollte leben! Einfach leben. Überleben. Er musste sich konzentrieren. Er durfte keine Angst haben. Die Knie waren weich, doch er musste sich konzentrieren. Alles flimmerte. Der Käfig verschwamm. Es blieb das pochende Geschrei der Menge:

„Dreh ihm den Hals um, dreh ihm den Hals um!"

„Ich muss mich zusammenreissen, ich muss

14

meine Angst bezwingen!",
redete er sich verzweifelt
zu. Doch es gelang nicht.
Schon wieder taumelte er.
Und wieder kam dieses
andere, dunkle, heiss-
kalte, finstere Feuer. Er
wollte doch einfach leben!
Es brachte ihm noch mehr
zum Fürchten. Was war es
denn, fragte er sich und
erschauderte. Er würde doch
heute sterben! Du bist
schon tot, sprach das Feuer
in ihm. Du bist soeben
gestorben.

Sonderbar, fand er. Es
war plötzlich alles still
geworden. Aber es war nicht
still, die Menge johlte noch
immer. Der Andere stand
noch immer da, nahm noch

15

immer keine Notiz von ihm. Er sah seine Muskeln. Der durchtrainierte Oberkörper. Die stämmigen Arme. Die grossen Hände – ach, wie gross sie wurden, wenn er sie ballte. Er sah – einen Hals!

„Dreh ihm den Hals um, dreh ihm den Hals um!"

Er merkte nicht, dass er sich bewegte. Fünf Schritte Anlauf – zwei davon auf dem Gitter. Es waren eingeübte Bewegungen. Der roh geschweisste und scharfkantige Stahl zerschnitt ihm die nackten Fusssohlen, doch er sollte es erst spüren, wenn er wieder landete. Er flog. Er flog über den anderen hinweg

16

– dieser sah ihn nicht
kommen. Ein Ruck. Ein kaum
hörbares Knacken, welches
trotzdem von allen gehört
wurde, und er landete auf
seinen Füssen. Hinter ihm
krachte der Andere wie ein
Sack Mehl polternd auf die
Bretter. Dann wars plötzlich
wirklich mucksmäuschenstill.
Niemand johlte mehr. Alle
hielten den Atem an.
Starrten gespannt. Er machte
sich bereit. Gleich würde
der Andere aufspringen und
ihn übel verdreschen. Er
musste alles mobilisieren,
was er beim Boss gelernt
hatte! Warum wurde das
Gittertörchen geöffnet?
Warum stürzten die beiden
Wächter herein? Sie
betatschten den Anderen.

17

Betrachteten ihn komisch – die Augen schienen sie zu interessieren und einer hielt ihm den Arm. Was hatte dies zu bedeuten? Warum gingen sie nicht einfach weg? Er würde sich doch gleich auf ihn stürzen, dann waren sie doch im Weg?

Der Lautstärkepegel war wieder angeschwollen. Warum sahen ihn die Leute vor dem Gitter so an? Was war das in ihren Blicken? Etwas wie Verwunderung, vielleicht sogar Bewunderung. Und Angst, tiefe, abgründige Furcht.

Doch es galt, nicht den Fokus zu verlieren. Einem der Wächter schien es heiss zu sein. Er wedelte mit

18

einer Hand gegen seinen Hals, doch er hielt sie eigenartig flach. Da wurde er an der Hand gepackt. Erschrocken wirbelte er herum. Beinahe hätte er aus Reflex zugeschlagen, doch zum Glück konnte er sich noch gerade beherrschen. Es war der Boss.

„Glückwunsch Junge, das war eine schnelle Nummer! Du hast gewonnen."

„Gewonnen? Aber wir haben doch noch gar nicht angefangen?"

Er deutete linkisch mit seiner Hand zum Anderen. Der Boss lachte.

„Du hast ganze Arbeit geleistet. Der steht nicht

mehr wieder auf. Nie mehr!"

Da erst begriff er. Das Blut schoss aus seinem Kopf. Er wankte. Doch der Boss hielt ihn gut fest.

„Du bist nun ein Krieger, Junge. Nun bist du würdig, einer meiner Jungs zu sein", flüsterte der Boss ihm ins Ohr. Dann richtete er sich auf, hob die Hand des frischgebackenen Kriegers hoch und sprach magisch verstärkt durch unzählige Lautsprecher:

„Meine sehr verehrten Damen und Herren, geschätztes Publikum dieser bescheidenen Halle, ich präsentiere euch" – dabei zog er das Wort genüsslich in

20

die Länge, während es
wiederum totenstill wurde
- „meinen neusten Krieger:
Feuerengel!"

Tumult brach aus. Johlen,
Applaus und freudige
Pfiffe. Dazu tausende
von Füssen, die auf den
Boden trommelten, sodass
die Gitter des Käfigs
erzitterten. Es brach wie
eine Sintflut über ihn
herein. Diesmal galt der
Applaus ihm! Er konnte es
kaum fassen. Er hatte es
geschafft. Er hatte gesiegt.
Er lebte! Und er hatte einen
Namen. Feuerengel!

„Diesen Abend wirst du nie
mehr vergessen", meinte der
Boss zu ihm leise und seine
Augen funkelten vielsagend.

21

Er verstand. Ja, der Boss sollte recht behalten. Wie oft träumte er in der Folge von diesem Moment. Von diesem Abend, als der Jubel ihm galt. Von seiner Freude, seinem Stolz, seinem Glück, nicht länger eine Nummer in der Schule des Bosses zu sein. Denn von nun an hatte er einen Namen.

Doch dann gab es noch die anderen Träume. Die auch von diesem Abend ausgingen. In diesen stand der Andere aber wieder auf. Nur seine Augen waren dann komisch eingefallen. Ein furchtbarer Blick! Und er konnte seinen Kopf drehen – ganze 360 Grad. Es war unheimlich, doch niemanden der Anwesenden schien es zu stören. Die Wächter lachten dann nur. Und auch der Boss lachte. Und der Andere drehte seinen Kopf immer wilder im Kreis – er konnte seinen Blick gar nicht mehr abwenden. Dann fiel der Kopf manchmal einfach ab, wenn er zu wild drehte. Der Andere würde ihn aufheben – seinen Kopf – und mit ihm jonglieren, als wäre nichts. Doch sein Blick war starr auf Feuerengel gerichtet.

Aber das mit dem Jonglieren machte er nur in manchen Träumen – in den besonders schlimmen! Denn irgendwann begannen alle ihre Köpfe zu drehen. Der Boss. Die Wächter. Die Leute vor dem

Gitter. Und alle hatten plötzlich diesen Blick. Diese eingefallenen, toten Augen. Und sie sangen:

„Dreh ihm den Hals um, dreh ihm den Hals um!"

Da traf ihn einen Schlag. Leise aufstöhnend wachte er auf. Es war Fuchsbiss Ellbogen, der ihn unsanft in der Magengrube getroffen hatte. Fuchsbiss schlug mal wieder im Schlaf um sich.

„Blöder Kerl", machte Feuerengel extra so laut, dass Fuchsbiss davon wach werden musste, und schob dessen Ellbogen grob zurück. Es war allerding ein Vorwand, etwas näher an ihn heran zu rücken. Feuerengel

24

schauderte es. Er fror,
die Bilder aus dem Traum
bedrängten ihn noch immer.

„Lah mich i Ruh", brummte
Fuchsbiss verschlafen und
warf seinen Arm auf seinen
aufdringlichen Bettnachbarn,
wo er auch liegen blieb.
Feuerengel gab sich damit
zufrieden. Der Arm lag
aber so auf seiner Brust,
dass Feuerengel auf einmal
Fuchsbiss' Herzschlag
spürte. Oder war es
sein eigener? Egal, die
bösen Bilder des Traumes
verschwanden im Nu. Nichts
war so beruhigend wie ein
Herzschlag. Diesem und den
regelmässigen Atemzügen
seiner Mitstreiter im
Schlafsaal lauschend,

starrte er eine Weile regungslos an die Decke. Es war schon unglaublich, was ein Herz vermochte, sagte er sich. Es war wichtig, das spürte er hier deutlich. Er durfte sein Herz nie verlieren! Sachte drehte er sich zu Fuchsbiss und murmelte – nur für diesen hörbar:

„Ich hoffe, dass ich nie gegen dich kämpfen oder dich gar töten muss!"

Dieser reagierte nicht. Er schlief wohl schon wieder.

29

„Heute Abend nun, meine Damen und Herren", tönte die aalglatte Stimme des Sprechers aus den Lautsprechern, „der Kampf, auf den wir alle schon gewartet haben!"

Lautes, angeregtes Geschwätz erfüllte die Halle. Sie war zum Bersten voll. Selbst im Burgerimbiss im rückwärtigen Bereich war jeder Platz auf den Bänken besetzt. Und auch die Loge – dort wo im Halbdunkel jene sassen, die genug Geld auf dem Konto hatten, diese Kämpfe diskret zu besuchen – war heute überfüllt. Sassen dort nicht auch gerne diese Personen des öffentlichen Lebens,

30

die sonst vehement die Verrohung der Gesellschaft anprangerten und die üblen Auswüchse des organisierten Verbrechens betonten?
Man munkelte, dass neben dem Bürgermeister nicht nur Würdenträger des Haupttempels regelmässig Gast waren, sondern gar der Polizeichef. Nun, heute Abend sollten sie es eben auch eng haben.

„Es erwartet Sie heute Abend, meine Damen und Herren, zwei unserer ruchlosesten, wildesten Krieger. Wahre Raubtiere!", fuhr der Sprecher in seinem aalglatten Ton fort. Die Spannung war förmlich zu spüren in der Halle.

31

„Beide haben schon viele Kämpfe absolviert hier im Käfig. Beide sind Sieger. Beide haben sich als schonungslose und zähe Kämpfer erwiesen. Was wird uns heute Abend erwarten?"

Noch wanderten die Lichtkegel durchs Publikum, so als suchten sie dort jene, von welchen der Sprecher sprach. Der Käfig lag vollkommen im Dunkel. Wie ein schwarzer Monolith und so, als ob ihn das hier alles nichts angehen würde, einfach nicht berühren würde. Eisern und kalt. Schroff – fast geheimnisvoll aber gefährlich. Als wäre er ein verbotener Tempel. Ein Tempel, der bestimmt auch

32

heute Abend Blut trinken würde; Schweiss, Tränen und Bier!

Der Sprecher war endlich verstummt mit seiner letzten Frage. Einer nach dem anderen der Lichtkegel verschwanden. Es wurde still, eine angespannte, nervöse Ruhe machte sich breit. Ergriff jeden – wer konnte sich ihr entziehen? Alle wussten, was nun gekommen war. Alle waren sie hier für etwas. Etwas Bestimmtes. Sie wollten es sehen. Sehen wie sich zwei Jungs – waren es nicht noch Kinder? – prügelten. Prügelten aufs Blut. Schonungslos. Grausam. Bis zum Tode!

33

Soeben erlosch der letzte Kegel. Die Luft war zum Schneiden. Nur die flackernden Wettanzeigen im Hintergrund liessen erahnen, wie weit sich die Dunkelheit erstreckte. Gefühlt eine Ewigkeit dauerte es. Dann wurde sie gezündet. Jene eine, grosse, direkt über dem Käfig sich befindende Lampe. Die Grossmutter aller Lampen. So als wäre sie zu alt. Als hätte sie Abscheu vor dem, was sie zu beleuchten hatte, flackerte sie. Zischte und blitze. Ächzte, flimmerte, bis schliesslich ihr Licht ruhig, beinahe friedlich über und durch den leeren Käfig flutete. Nun war er erleuchtet. Nur er. Leer,

majestätisch, kalt. Die
Spannung im Saal kochte
über. Es wurde laut. Pfiffe,
Gejohle. Und dann begann es.
Das rhythmische Hämmern.
Es war der Instinkt der
Menge, der sprach. Wer
eine Bierdose in der Hand
hielt, schlug sie gegen eine
Stütze, den Boden, Balken,
Stühle, Bänke und zuvorderst
gegen das Gitter des Käfigs.

„Meine Damen und Herren,
verehrtes Publikum dieser
bescheidenen Halle!",
diesmal war es die Stimme
des Bosses, welche durch die
Lautsprecher brach. Sofort
verstummte alles. Gebannt
richteten sich alle Blicke
auf die Stelle, wo er sein
musste; tatsächlich, dort

35

stand er, im Halbdunkel, beim Tor in den Käfig.

„Begrüssen sie mit mir, zu meiner Linken …. Feuerengel!"

Eine rote Pyrofackel wurde irgendwo am Rande entzündet. Applaus und Gejohle, Schreie und Pfiffe wurden laut. Alle starrten sie auf die kleine Prozession, die sich einen Weg durch die Menge bahnte. Drei Gestalten. In der Mitte, kaum zu sehen unter seinem weissen Kapuzenmantel schritt Feuerengel Richtung Boss. Dies war Ritual. Wie oft schon war er diesen Weg gegangen? Vor ihm der Wächter mit der Pyrofackel. Hinter ihm ein anderer – ihm würde er den Kapuzenmantel geben, bevor er den Käfig betrat.

„Und begrüssen sie mit mir", schallte die Stimme des Bosses feierlich über die Köpfe der Leute hinweg, „zu meiner Rechten …. Tigerherz!"

Eine grüne Pyrofackel entflammte und eine weitere, kleine Prozession machte sich an, zum Käfig zu gelangen. Tigerherz – ein stämmiger aber auch eher kleiner Kerl – trug seinen Kapuzenmantel mehr wie ein Cape. Die einbandagierten Hände schon zu Fäusten geballt, schritt er stoisch und finster durch die johlenden und klatschenden Leute. Er kam beinahe gleichzeitig mit Feuerengel zum Boss. Dort zogen beide ihre weissen Kapuzenmäntel aus, überreichten ihn den jeweiligen Wächtern hinter ihnen und schritten mit fast gleichgültiger Miene zur schmalen Pforte des Käfigs. Der Boss hatte sie schon geöffnet und liess Feuerengel zuerst eintreten. Wirkte dieser in seinen weissen Mantel gehüllt und im Halbdunkel schmächtig, so trat nun, im grellen Licht der Grossmutter, sein sehniger, durchtrainierter und nur mit einer sehr kurzen, roten Boxerhose bekleideter Körper deutlich zum Vorschein. Tigerherz, der augenblicklich und mit Todesverachtung im Gesicht

38

nach Feuerengel den Käfig
betrat, entpuppte sich als
nicht nur stämmig, sondern
auch als drahtiger Kerl.
Auch er in derselben, kurzen
Boxerhose – allerdings in
Grün.

Feuerengel war unterdessen
etwa in der Mitte des Käfigs
angelangt. Doch er drehte
sich nicht zu Tigerherz um.
Sein Blick wanderte finster
über die Leute vor ihm am
Gitter, die ihrerseits still
wurden und gebannt auf die
beiden Jungs blickten. Auf
einmal sprang Feuerengel
wie ein wildgewordenes Tier
gegen das Gitter und brüllte
– sodass die vorderste Reihe
der Zuschauer erschrocken
das Weite suchte,

übereinander stolperte – stürzen konnten sie ja kaum, so eng wie es war. Im hinteren Bereich lachte es. Da brüllte auch Tigerherz und sprang brustvoran gegen das Gitter. Auch auf seiner Seite wichen die Leute panisch zurück. Schon wieder sprang Feuerengel genau so rücksichtslos ins Gitter, sich gebärdend wie ein wildgewordener Löwe im Käfig. Tigerherz stand ihm jedoch in nichts nach. Keiner der beiden schien es zu kümmern, wie die scharfen Enden der Lötstellen ihre Brust, die Arme und Beine zerschnitten, sodass sich ihr Blut und ihr Schweiss mischten. Nein, sie schienen nichts zu spüren, nichts zu fühlen und wild wie todeshungrige Raubkatzen zu sein. Dies versprach ein gewaltiger, ein legendärer Kampf zu werden! Die Wetteinsätze schossen in die Höhe und gar mancher schloss die irrwitzigsten Wetten ab. Wer der beiden würde überleben? Denn einer, da war sich jeder nun sicher, einer würde heute Abend sterben!

Beide schienen in herausragender Form zu sein. Beide waren erfahrene, erstklassige Kämpfer. Dies würde ein epochaler Kampf, wie er nur alle paar Jahre vorkam. Endlich wurden die beiden still und mit ihnen die ganze Halle. Gebannte

41

Blicke und angehaltene Luft. Die Spannung wurde wieder zum Greifen. Die Blicke der beiden Raubkatzen trafen sich. Kältestes, finsterstes Feuer der Todesverachtung lag in ihnen. Wie zwei Panther begannen sie aufeinander zu zu gehen. Langsam. Gleich würde es beginnen. Der Jahrhundertkampf. Wer würde zuerst hauen? Doch da klappten Feuerengels Beine ein, als hätte ihn ein Unsichtbarer von hinten in die Kniekehle geschlagen, und er fiel mit gesenktem Kopf direkt vor Tigerherz auf die Knie. Es war mucksmäuschenstill! Was war los? Was tat Feuerengel nur?

Tigerherz konnte nicht mehr sagen, wie oft er schon versucht hatte, abzuhauen. Anfangs schnappten ihn die Wächter sofort. Einmal hatte er einen beinahe zu Tode geprügelt. Seither liessen sie ihn laufen. Sie wussten, er kam nicht weit. Der Boss hatte lange Arme. Irgendwer schnappte ihn immer. Ein paar Drogendealer; die Bullen. Sie alle wussten, wo er hingehörte. Er gehörte dem Boss. Er war einer seiner Jungs. Und so würde er also dastehen. Trotzig. Frech. Er würde dem Boss gleichgültig in die Augen schauen. Die Prügel dafür, dass er abhaute, hinnehmen. Und bei nächster Gelegenheit wiederum abhauen. Die

46

Kickboxschule des Bosses war
kein verschlossener Ort. Die
Türen standen immer weit
offen. Es war nicht schwer.

Heute war es anders.
Er hatte es geschafft
– sozusagen. Was denn?
Tigerherz kam nicht umhin,
es so zu sehen. Er war
zuhause. Er war bei seinen
Eltern. Da, wo er immer
hinwollte, wenn er floh.
Den Drogendealern war er
entkommen, auch der Polizei…
Es war Eisenblitz, der ihm
verraten hatte, wie es ging.
Bevor er starb. Der Gedanke
an ihn war für Tigerherz
schier unerträglich. Er
verbannte Eisenblitz sofort
aus seinem Kopf.

Tigerherz hatte sie

gefunden, seine Eltern. Sie waren – entsetzt! Seine Mutter hatte gelächelt, als sie ihm ein Glas Sirup gab in der Küche. Doch es war ein falsches Lächeln. Sein Vater konnte die Angst nicht verbergen. Er hatte den Boss angerufen. Dieser war persönlich gekommen und nahm Tigerherz wortlos wieder mit.

Und nun stand er also wiederum da. Doch er war kein bisschen trotzig, keine Spur frech. Tigerherz liess den Kopf hängen. Heute war es anders. Er kämpfte mit den Tränen. Doch er wollte nicht weinen. Nicht vor dem Boss. Tigerherz ballte die Fäuste. Sie wurden

48

ganz weiss. Was war es,
Enttäuschung? Zorn? Trauer?
Elend? Oder alles zugleich?

„Prügle mich endlich!
Prügle mich hart", forderte
Tigerherz mit erstickter
Stimme. Der Boss stand beim
Fenster und rauchte. Er
guckte zu Tigerherz. Sein
halblanges, pechschwarzes
Haar schimmerte im Licht.

„Schlag mich meinetwillen
tot!", schrie Tigerherz.
Er konnte die Tränen nicht
mehr zurückhalten. Der Boss
drückte seine Zigarette auf
dem Fensterbrett aus.

„Ach verdammt!"

Ohne zu zögern ging der Boss
zu Tigerherz und nahm ihn in
den Arm.

„Tränen sind ok, Junge",
tröstete der Boss Tigerherz,
„Tränen sind gut."

Tigerherz wusste nicht
mehr, wie lange er so
dastand. Schluchzend und
heulend, den Kopf gegen die
Brust des Bosses gedrückt.
Gegen den eleganten,
massgeschneiderten Anzug,
den der Boss immer trug.
Er roch nach Schweiss,
Zigaretten und irgendeinem
komischen Parfüm. Er roch,
wie halt der Boss roch.
Irgendwann erholte sich
Tigerherz. Schüchtern begann
er, sich aus der Umarmung zu
lösen.

„Schlägst du mich jetzt
noch, weil ich abgehauen
bin?"

50

Tigerherz klang ängstlich.
Der Boss schüttelte den Kopf
und meinte tonlos:

„Ich habe dich schon
bestraft, Junge. Ich liess
dich deine Eltern finden."

„Warum?", brach es aus
Tigerherz hervor. Seine
Fäuste hatten sich wieder im
Zorn geballt.

„Du bist einer meiner Jungs,
Tigerherz. Dein Zuhause ist
hier. Ich bin deine Familie
nun", sprach der Boss
bestimmt.

„Warum?"

Tigerherz wollte es wissen.
Er konnte seine Eltern nicht
verstehen. Sie waren für
ihn nun tot. Seine Fäuste

waren wiederum ganz weiss geworden. Der Boss hockte sich vor Tigerherz nieder und sah ihn von unten schräg an.

„Dein Vater hat mir Geld geschuldet. Ich weiss nicht, wofür er es damals gewollt hatte. Vielleicht hatte er Spielschulden gehabt. Oder seine Schwester war krank gewesen. Ich weiss es nicht. Es geht mich auch nichts an."

Der Boss strich sich übers glänzende Haar.

„Dein Vater hatte gewusst, was er tat. Ich hatte es ihm gesagt. Krieg ich das Geld nicht in der Frist, krieg ich deinen Jungen – genau

das hatte ich ihm gesagt.
Doch er gab mir mein Geld
nicht zurück. Keinen Rappen.
Ich habe ihm sogar die Frist
verlängert. Doch er hatte
das Geld nicht!"

Tigerherz bebte. Der
Boss hatte seine Fäuste
gepackt. Der Griff war
hart. Die Augen des Bosses
waren eiskalt, wie er
weitersprach:

„Ich habe deinen Vater
gefragt, was er für dich
denn vorziehen würde: meine
Kickboxschule und der Käfig.
Oder das Bordell. Dein Vater
hatte sich entschieden.
In meinen Augen…", machte
der Boss während er sich
wieder aufrichtete, „… fürs
Bessere."

Tigerherz bebte noch immer und atmete schwer.

„Pass auf, Tigerherz", fuhr der Boss nüchtern fort, „ich will, dass du nicht mehr abhaust."

Er hatte den Jungen bei den Schultern gepackt. Dieser guckte zu Boden.

„Das hier ist dein Zuhause. Hier gehörst du hin. Du bist einer meiner Jungs. Einer meiner Söhne nun!"

Tigerherz hob den Kopf und sah den Boss direkt in die Augen. Der Boss fuhr weiter:

„Das mit Eisenblitz ist tragisch. Doch er ist mutig gestorben. Er hat seinen Tod akzeptiert."

54

„Mein Vater muss mich im Käfig gesehen haben. Er hält mich für ein verdammtes Monster!"

„Du bist auch ein verdammtes Biest!", lachte der Boss auf und gab dem Jungen einen linkischen Tritt in den Arsch. Dieser lächelte nun auch schwach.

„Und man muss auch ein verdammtes Biest sein, um von einem Monster wie mir als Sohn akzeptiert zu werden", sprach der Boss wiederum ernst.

„Dann…", machte Tigerherz schüchtern, „darf ich dich nun Vater nennen?"

„Nur, wenn du nicht wieder abhaust!", fand der Boss vom

Fenster aus, während er sich eine weitere Zigarette in den Mund steckte, „und nun geh endlich ins Training. Die Trainer dürften dich schon lange vermissen und dich prügeln wollen!"

Tigerherz tappte zur Zimmertüre. Dort drehte er sich nochmals um.

„Darf ich eine Zigarette haben?"

„Eine was? Spinnst du?! Zigaretten sind Gift, Junge! Die bringen dich noch ins Grab", reagierte der Boss scharf. Tigerherz grinste.

„Pass auf Junge, ich erwische dich einmal mit einem verdammten Glimmstängel im Mund und ich

56

schlag dich grün und blau,
dass du wie ein Marsmännchen
aussehen wirst!", drohte der
Boss fröhlich und winkte,
dass Tigerherz endlich
verschwinden solle.

IV

„Wenn du es nicht tust, wird er den Rest seines Lebens gelähmt sein!", sprach der Wächter.

„Wenn du es nicht vollendest, mache ich es hinten". Der Boss deutete in die Luft. Tigerherz erschauderte. Das war doch Eisenblitz! Er konnte es nicht. Das war sein bester Freund – durch dick und dünn!

„Tu es!", presste Eisenblitz hervor und versuchte ein schmerzverzerrtes Lächeln. Er lag rücklings auf dem Brettern. Die Position seiner Hüfte lies erahnen, dass etwas mit seinem

60

Rücken nicht stimmte. Urin rannte von seiner Boxerhose aus über die Bretter und verschwand irgendwo in den Ritzen – so als würde Eisenblitz auslaufen. Doch Tigerherz bemerkte das alles nicht.

„Ich… ich… ich wollte nicht… ich", stammelte er verzweifelt. Der Boss packte ihn unsanft bei den Schultern.

„Es ist geschehen. Nun bring es zu Ende!"

„Bitte", kam es schwach von Eisenblitz, „ich spüre meine Beine nicht. Ich kann mich gar nicht mehr bewegen."

Tigerherz kniete sich zu Eisenblitz nieder. Tränen

rannen ihm über die Wangen, doch er wischte sie nicht weg.

„Verzeih mir, Eisenblitz. Ich wollte nicht…"

„Schon gut", sprach dieser tapfer, „wie oft hast du schon versucht, dem Käfig zu entkommen. Nun geh ich doch zuerst!"

Tigerherz schluchzte ungehemmt, noch immer bei seinem Freund kniend. In der Halle herrschte eine beinahe feierlich zu nennende Stimmung. Die Menge ahnte, dass etwas Schreckliches vor sich ging. Angeregtes, von der Faszination des Horrors gezeichnetes Gemurmel erfüllte die

62

Luft, angereichert vom
Dampf der Fritteusen des
Imbisses im Hintergrund.
Doch keine lauten Stimmen
waren zu hören. Keine
Zwischenrufe oder Pfiffe wie
noch vorhin, während des
Kampfes. Dieser war wild
gewesen - beide, Eisenblitz
wie Tigerherz, waren
redutabel. Schliesslich
war es Tigerherz, der in
der Hitze des Kampfes mit
gestrecktem Bein Eisenblitz
in den Rücken gesprungen
war. Und nun wollten sie das
Grauen sehen. Den Horror.
Sie ahnten, nein, sie
wussten, dass es geschehen
musste. Der Boss war im
Käfig, die Wächter waren im
Käfig. Eisenblitz auf den
Brettern, am Leben. Doch er

stand nicht auf. Tigerherz…
Entsetzten herrschte im
Publikum. Gemischt mit
einer eigenartigen Gier.
Sie wollten es sehen. Sie
wollten den Mord sehen. Den
Tod. Das Ende. Sie wollten
dabei sein. Sie wollten es
sehen.

„Tu es endlich", die Stimme
des Bosses war hart und
bestimmt.

„Verzeih mir, Bruder",
flüsterte Tigerherz unter
Tränen. Dann schlug er
zu. Mitten auf den Kopf.
Eisenblitz starb nicht beim
ersten Schlag. Auch nicht
beim Zweiten. Tigerherz
schlug weiter zu. Immer und
immer wieder. Er schrie,
als ob ihn die Schläge

treffen würden. Er heulte. Es waren keine menschlichen Laute mehr. Doch er schlug weiter. Solange, bis er nicht mehr konnte. Erschöpft fiel er zurück in seine kniende Position. Seine Faust, nein, sein ganzer Oberkörper war rot vor Blut. Überall klebte es, das Blut seines ermordeten Freundes. Tigerherz blickte finster auf den leblosen Körper. Es packte ihn die Wut. Mit einem Satz stand er wieder auf den Beinen und sprang wie ein wild gewordener Tiger gegen das nächste Gitter. Das Publikum, welches – um besser zu sehen – praktisch daran klebte, versuchte panisch zurück zu weichen.

Tigerherz brüllte, heulte, warf sich weiter gegen das Gitter. Die Wächter im Käfig kriegten es mit der Angst zu tun und sahen zu, dass sie den Käfig verliessen. Nur der Boss blieb. Stoisch. Unberührt stand er in der Mitte. Tigerherz tanzte wie ein wild gewordenes Tier um ihn herum, als wäre er nicht da und warf sich weiter in das Gitter. Heulte, brüllte. Das Gitter zerriss ihm die nackte Haut. Doch er spürte nichts mehr. Er wusste nichts mehr. Er war nicht mehr.

Es war ein sehr präziser Schlag gewesen, der das Ganze beendete. Gerade als Tigerherz an ihm

66

vorbeistürmen wollte,
reagierte der Boss
blitzschnell. Er traf
Tigerherz in der Luft.
Dieser flog k.o. in die
Bretter. Alle Blicke
waren entsetzt auf den
Boss gerichtet. Der nahm
sein Taschentuch aus
seinem massgeschneiderten
Anzug. Wischte sich zwei
Schweissperlen von der
Stirn. Deutete dann mit
einer Kopfbewegung den
Wächtern an, den Käfig
zu räumen und verliess
denselben. Die Show war für
heute vorbei.

V

69

Feuerengel wusste nicht mehr genau, ob er nun schon sieben oder acht Kämpfe in Folge überstanden hatte an diesem Abend im Käfig. Aber es war egal. Wahrscheinlich war der vorherige Kampf eh sein letzter gewesen. Den nächsten würde er kaum überleben, so erschöpft wie er war. Aber auch das war egal. Dieses etwas in ihm, das einfach leben wollte, wollte es noch immer. Also würde er weiterkämpfen, so gut es ging. Er würde so lange kämpfen, bis ihn ein anderer töten würde – dies war das Todesurteil gewesen, welches der Boss gesprochen hatte, und er hatte diesen Tod verdient.

70

Feuerengel war sich nicht
sicher, ob er überhaupt aus
dieser knienden Position,
die er nun nach jedem
Kampf eingenommen hatte,
um geduldig zu warten,
dass der Käfig geräumt und
der nächste Gegner geholt
würde, je wieder aufzustehen
vermochte. Er kämpfte damit,
nicht einzuschlafen vor
Erschöpfung. Alles tat ihm
weh – besonders in seiner
rechten Brustseite spürte er
einen stechenden Schmerz.
Gut möglich, dass dort vom
letzten Kampf eine Rippe
gebrochen war. Er atmete
schwer, er fühlte sich
schwer. Der nächste, der
dort durchs Törchen käme,
würde sein Henker sein!
Dieser Gedanke schreckte

Feuerengel weit weniger, als er vermutet hätte. Er war am Ende und das war vielleicht auch ganz gut so. Sterben war vielleicht gar nicht so schlecht. Hoffentlich schickt der Boss keinen herein, der es geniesst, mich qualvoll sterben zu lassen, dachte Feuerengel bei sich.

Das Publikum war seltsam an diesem Abend, fand Feuerengel. Es war seltsam still. Mit jedem Kampf wurden die Zwischenrufe weniger, dafür wuchs die Zahl derer, die knieten. Ja, sie knieten wie er. Warum? Es war Feuerengel ein Rätsel. Wollten sie wissen, wie es war, seinen Henker zu erwarten? Auf Knien? Wollten sie es nicht nur sehen, sondern auch erfahren? Oder warum dann? Um sein Leben bitten beim Boss? Wussten sie denn nicht, warum er den Tod verdiente? Nein, das wussten sie nicht. Aber er hatte ihn verdient. Er würde seinen Boss nicht um sein Leben bitten.

Feuerengel kämpfte noch immer mit der Müdigkeit. Seine Sinne drohten ihm immer wieder zu entgleiten. Die Worte, die der Boss sprach, als er ihn zum Tode verurteilte, klangen ihm noch nach. Du hast dein Herz verraten, hatte der Boss ihm gesagt. Seine Augen waren kalt. Und Feuerengel wurde es furchtbar klar, dass der Boss Recht hatte. Ausgerechnet er hatte sein Herz verraten!

Es war nicht, dass er den Befehl des Bosses missachtet hatte und jenen alten Mann laufen liess. Nein, dies hätte der Boss vielleicht sogar verstanden. Feuerengel hätte es ihm erklären können, dass er es nicht übers Herz brachte, ihn zu verprügeln. Er hätte ihn umgebracht – es war doch ein gebrechlicher Alter gewesen. Und seine Enkel waren bei ihm. Feuerengel hatte sich immer gewünscht, Grosseltern zu haben – überhaupt eine Familie. Er hatte es nicht übers Herz gebracht, er

74

liess den Alten laufen. Der
Boss hätte es verstanden.
Aber Feuerengel hat es ihm
nicht gesagt. Irgendwie
hatte er Angst gehabt, dies
dem Boss einzugestehen. So
sagte er ihm etwas anderes
– es war gelogen, aber der
Boss hatte ihm geglaubt.
Zumindest solange, bis ihn
Fuchsbiss verpetzte!

Feuerengel ballte die
Fäuste. Und doch, er war
es selbst gewesen, der
sein Herz verriet. Was
nützt es, ein gutes Herz
zu haben, wenn du nicht
dazu stehen kannst, hatte
der Boss gesagt. Du hast
dein Herz verraten. Der
Boss war schrecklich
wütend gewesen. Er war

enttäuscht, dass Feuerengel
ihn angelogen hatte. Er war
enttäuscht, dass er ihn
für verständnislos hielt,
dachte er. So hatte der
Boss ihn zum Tode im Käfig
verurteilt.

Feuerengel hatte die Strafe
angenommen. Er verstand,
dass er den Tod verdiente.
Also kniete er nun, auf
seinen Henker wartend. Er
fröstelte, ihm war kalt.
Mühsam öffnete er seine
Augen. Vor dem Käfig knieten
die Leute noch immer. Bis
ganz zuhinterst. Zumindest
so weit, wie Feuerengel
sah. Warum taten sie dies?
Feuerengel verstand es
wirklich nicht, aber er war
irgendwie froh. Es tröstete

ihn. Sie waren bei ihm. Er
lächelte. Nun, verehrtes
Publikum dieser bescheidenen
Halle, dachte er bei sich,
heute präsentiere ich euch
das Ende von Feuerengel.

Im Augenwinkel sah
Feuerengel den Boss einen
Wink geben. Es war soweit,
sein Henker war hier.
Er würde nun den Käfig
betreten. Wer würde es sein,
würde er ihn kennen?

Das kleine Gittertörchen
öffnete sich und herein trat
- Fuchsbiss! Feuerengels
Augen wurden gross. Dann
wurden sie schwarz.

Fuchsbiss dachte, er wäre
schon am Ende. Dachte
wohl, leichtes Spiel mit

Feuerengel zu haben. Zaghaft aber seltsam fröhlich tapste er auf diesen zu. Endlich ein einfacher Kampf im Käfig. Einer, bei dem er es von Anfang an leicht hätte. Er musste den anderen nur töten und der Boss würde zufrieden mit ihm sein. Mulmig war es ihm lediglich beim Gedanken, dass es ausgerechnet Feuerengel war, den er zu töten hätte.

Wäre wohl auch so gekommen, wenn er nicht – Fuchsbiss gewesen wäre!

Woher kam die Kraft? Woher das schwarze Feuer? Direkt aus der knienden Position sprang Feuerengel Fuchsbiss an den Kopf. Der wusste nicht, wie ihm

78

geschah. Feuerengel war
doch am Ende – er hatte
selbst gesehen, dass er
sich nicht mehr auf den
Füssen halten konnte nach
dem letzten Kampf! Und nun
drosch dieser auf ihn ein,
als wäre er der Todesengel
in Person. Fuchsbiss war
viel zu erschrocken, als
dass er sich noch wehren
konnte. Es war kein Kampf,
er kriegte einfach Prügel.
Feuerengel fand einen Arm,
er schmiss ihn auf den
anderen, ein Bein, dasselbe,
ein Knie, ein Kopf – war
es sein eigener oder der
von Fuchsbiss – ganz egal.
Er spürte nichts mehr, er
dachte nichts mehr. Nur
das schwarze Feuer loderte
in ihm. Es brannte in ihm.

Es brannte ihn. Es tat höllisch weh. Plötzlich tat ihm alles weh. Keuchend hielt er inne. Er wankte.

Vor ihm lag Fuchsbiss als wimmerndes Häufchen Elend auf den Brettern. Er hatte seine Beine und Arme angezogen und den Kopf dazwischen gesteckt, um sich möglichst vor den Schlägen des Todesengels zu schützen.

Er weinte, er dachte, sein letztes Stündchen habe geschlagen. Doch wie Feuerengel ihn so daliegen sah, tat er ihm furchtbar leid. Das ist Fuchsbiss, schoss es ihm durch den Kopf, dein Fuchsbiss!

Vielleicht, dachte Feuerengel, sah er selbst die Sache ganz falsch. Es

80

war Fuchsbiss, der ihn hatte
erkennen lassen, dass er
sein Herz verraten hatte.
Doch anstelle ihm dankbar zu
sein, tat er es nun schon
wieder!

Feuerengels Fäuste lösten
sich. Doch die Nasenflügel
blähten sich noch mehr.
Entschlossen packte er
Fuchsbiss im Nacken und riss
ihn vor das Käfigtörchen.
Dieser liess alles mit sich
geschehen. Also drückte
Feuerengel ihn zu Boden,
selber neben ihm kniend
bzw. wohl mehr auf ihm
aufstützend – und forderte
den Boss mit letzter Kraft
dazu auf, den noch immer
wimmernden Fuchsbiss aus
dem Käfig zu nehmen. Er

sei besiegt. Dann wurde es schwarz vor Feuerengels Augen. Er kippte langsam zur Seite und fiel in die Bretter.

Der Boss war der Erste, der bei ihm war. Sachte nahm er ihn auf die Arme und trug ihn wortlos durch die Menge zur Halle hinaus. Die Leute waren aufgesprungen. Doch niemand wagte es, dem Boss in die Augen zu sehen, noch sich ihm in den Weg zu stellen. Würde er den Jungen am Leben lassen?

VI

85

Das Publikum war hungrig an diesem Abend. Hungrig nach Blut, Schmerz und Tod. Dies spürte der Boss deutlich. Er lächelte, als er zum Mikrophon griff, um die zwei Kämpfer anzukündigen. Ja, das Publikum würde auch heute erhalten, warum es hier war, dessen war er sich sicher.

Dieser heutige Abend würde den Käfig um eine Legende reicher machen, egal was geschehen würde – dies spürten alle Anwesenden. Feuerengel wie auch Tigerherz hatten seit langem sämtliche Kämpfe gewonnen. Sie waren beide Champions auf ihre Art und Weise. Beide waren beliebt beim Publikum. Beide galten als Garanten von harten und unerbittlichen Kämpfen. Es war eigentlich nur logisch, dass sie nun endlich aufeinandertreffen würden. Und genau auf dieses Treffen hatte der Boss schon seit Monaten hingearbeitet. Immer darauf bedacht, ihr Kämpferprofil zu schärfen. Ihre Hemmschwellen zu senken, ihre Unerbittlichkeit zu steigern. Und heute, ja, heute konnte er ernten. Heute würde er ernten! Das Wettbüro lief schon auf Hochtouren mit Einsätzen und Summen so hoch wie selten. Auf die unglaublichsten Möglichkeiten wurde gewettet. Wer würde sterben.

Und wie. Würde überhaupt wer sterben. Es wurde sogar darauf gewettet, dass ein Wächter oder sonstiger Dritter sterben würde.

Die rote wie die grüne Fackel leuchteten im Dunkeln. Flackerten gespenstig, beleuchteten die Gesichter in der Menge, die gierig auf die kleine Prozession starrten, welche an ihnen vorbei zog. Tigerherz mit seinem Kapuzenmantel wie ein Cape getragen, kam mit steinerner Miene daher, als wäre er Superman persönlich. Ausgerechnet Tigerherz, lachte der Boss innerlich. Von den beiden Kontrahenten war

88

er noch immer das weitaus grössere Kind geblieben. Feuerengel, den der Boss von der Strasse geholt hatte, schien weitaus reifer – wie alle Strassenkinder. Nur in seiner idealistischen Sturheit blitze zuweilen die Kindlichkeit durch. Er wirkte beinahe zerbrechlich, so wie er sich gänzlich in den Kapuzenmantel hineingewickelt hatte. Doch der Boss wusste, dass der sich darunter befindende Junge ungeheuer zäh war. Auch wenn die Wetten vorhin, als der Boss im Büro gewesen war, etwa zwei zu eins dafür standen, dass es Tigerherz wäre, der Feuerengel umbringen würde, dachte sich der Boss, dass sich dieser ziemlich würde anstrengen müssen, um es auch tatsächlich zu schaffen – wollte Tigerherz wirklich auf den Tod des Kontrahenten hinaus. Kam hinzu, dass Tigerherz mehr der pflichtbewusste Mörder war als einer, der es aus Spass daran tat. Wenn Feuerengel ihm einen richtigen Kampf liefern würde, dann würde er ihn wohl auch leben lassen. Vorausgesetzt, Tigerherz passierte nicht in der Hitze des Gefechts eine Dummheit, die Feuerengel ernsthaft verletzten würde.

Dies war natürlich eine Möglichkeit – Tigerherz war ein Kämpfer, der, einmal im Rausch, sehr unberechenbar wurde – auch gegenüber sich

selbst. Trotzdem hielt es
der Boss für wesentlich
wahrscheinlicher, dass
Feuerengel Tigerherz den
Garaus machen würde. Er
sah folgenden Kampfverlauf
als den Plausibelsten:
Entweder würde es Tigerherz
gelingen, Feuerengel relativ
rasch k.o. zu schlagen,
oder dieser würde ihn –
alleine wegen Tigerherz'
wilder Unberechenbarkeit
im Kampfrausch – mit
sehr genau gezielten
Schlägen kampfunfähig
oder wahrscheinlich sogar
totschlagen. Feuerengel war
ein Taktiker. Und er tötete,
wenn er keine Wahl hatte.
Tigerherz' Unberechenbarkeit
konnte ihm durchaus diese
Wahl verwehren.

Tatsächlich sah der Boss sich bestätigt, als die beiden vor ihn hintraten und Feuerengel einen flüchtigen, abschätzenden Blick auf seinen Kontrahenten warf, dass dieser sein Vorgehen im Käfig schon minutiös geplant hatte. Und doch rechnete der Boss Tigerherz grosse Chancen zu. Er war zu initiativ und stark, als dass Feuerengel ihn einfach mit taktischem Spiel besiegen konnte. Wenn es hart auf hart kam, war Tigerherz der mit den kräftigeren Schlägen.

„Also schön, Jungs, ihr kennt die eine Regel des Käfigs!", sagte der Boss lächelnd während er das kleine Törchen zum Käfig öffnete. Unterdessen hatten beide ihre weissen Kapuzenmäntel den zwei Wächtern hinter ihnen übergeben. Die anderen mit den Pyrofackeln nahmen nun mit etwas Abstand rechts wie links des Käfigeinganges ihre Position ein. Die beiden Jungs standen nur in ihren Boxerhosen bekleidet da und zeigten ihre einbandagierten Hände dem Boss, der sie rasch kontrollierte.

„Regel Nummer eins: es gibt keine Regel", machte Tigerherz gleichgültig.

„Ich finde dieses Paradoxon zum Kotzen", meinte Feuerengel mit verächtlichem

Ton und stieg ohne zu zögern und unaufgefordert als erster in den Käfig. Tigerherz schlüpfte Feuerengel nach und der Boss schloss das Türchen laut schletzend und den Riegel tönend zuschiebend zu. Doch die beiden Kontrahenten waren schon zu abgebrüht, als dass sie dies noch beachtet hätten. Der Boss grinste zufrieden. Bei Neulingen war dies immer der Moment, wo sie erst wirklich zu begreifen begannen, was nun Sache war.

Feuerengel stand etwa in der Mitte des Käfigs, den Rücken zum Boss gekehrt. Tigerherz war ihm geradewegs gefolgt. Deine erste Chance, Tiger,

dachte der Boss bei sich.
Tigerherz schien allerdings
Feuerengels Unachtsamkeit
ungestraft verstreichen
lassen zu wollen – oder er
bemerkte sie vielleicht
überhaupt nicht? Der Boss
lächelte. Tigerherz brauchte
manchmal halt etwas länger
und auch mehr als eine
Einladung. Und er konnte ein
netter Kerl sein – besonders
im Käfig. Tigerherz war
schon der richtige Name für
ihn gewesen.

Der Boss wurde jäh aus
seinen Gedanken gerissen,
als Feuerengel brüllend
gegen das gegenüberliegende
Gitter flog. Hatte Tigerherz
ihm nun doch einen Tritt
verpasst? Doch der sprang

selbst gerade auf der Seite
des Bosses brüllend ins
Gitter, sodass die Leute
erschrocken zurücktaumelten.
Selbst die Wächter zuckten
zusammen. Nur der Boss blieb
unberührt am Gitter stehen.

Wie zwei wildgewordene Tiere
sprangen die beiden Jungs
in die Gitter, brüllten
und nahmen dabei überhaupt
keine Notiz, wie die
scharfen Gitterlötstellen
ihre nackten Oberkörper und
Beine aufrissen. Der Boss
blickte etwas ungläubig zu
Feuerengel. Dies konnte
unmöglich seine Strategie
sein. So brachte er doch
Tigerherz erst recht in
Fahrt und auf unberechenbare
Hochtouren. Und er selbst

war ja nicht gerade der,
der seine Kämpfe mit
gesteigertem Adrenalin
meistern musste.

Vielleicht will Feuerengel
gar nicht gewinnen, schoss
es auf einmal dem Boss durch
den Kopf. Hastig drehte er
sich zum Publikum um und
musterte aufmerksam die
Menge, die sich von den
beiden Kontrahenten im Käfig
gehörig aufputschen liess.
Der Boss versuchte von
seinem Standpunkt aus die
wichtigsten Wettverhältnisse
auf der grünflimmernden
Anzeigetafel im Hintergrund
zu sehen. Es standen jedoch
zu viele und sich zu sehr
bewegende Leute in der
Sicht. Ob jemand aus der

Menge mit Feuerengel unter einer Decke steckte und Geld setzte? Ein Freund, ein Verbündeter vielleicht? Feuerengel war so eine Aktion durchaus zuzutrauen. Doch wozu wollte er an Geld? Er gehörte nicht zu jenen, die je Anstalten machten, abhauen zu wollen. Er hatte als Kind zu lange auf der Strasse gelebt, die Touristen um Geld und Essen anbettelnd sowie sich mit den verwilderten Hunden und anderen Strassenkindern um Essensreste im Abfall streitend, um die Sicherheit eines gut gefüllten Magens einmal am Tag leichtfertig aufs Spiel zu setzten. Doch diese Kerle, dachte der Boss bei sich, waren ernst zu nehmen, wollten sie wirklich abhauen. Besonders wenn sie klug waren wie Feuerengel. Planst du was, Freundchen? Der Boss grinste hämisch. Er würde es schon rauskriegen. Weit würde auch er nicht kommen, auch wenn der Boss hier deutlich umsichtiger zu sein hatte als bei einem Tigerherz. Bei Tigerherz war es kein Problem, da war es immer leicht gewesen, zu wissen, wohin er wollte.

Dann wollen wir mal sehen, was dein Plan ist, dachte der Boss amüsiert. Es konnte hier mit Tigerherz als Gegner nämlich auch nach hinten losgehen.

Unterdessen trafen sich die Blicke der beiden.

Die Spannung war förmlich greifbar in der Halle. Alle, auch der Boss, hielten den Atem an, wie die beiden Raubkatzengleich langsam aufeinander zuschritten. Doch was war das? Feuerengel kippte leicht nach vorne und fiel auf seine Knie, direkt vor Tigerherz! Und er verharrte so – den Kopf leicht gesenkt – ein leichtes Ziel für den Tiger. Mit einem Schlag könnte er den Kampf gewinnen. Wollte Feuerengel so offensichtlich verlieren? Der Boss war irritiert. Er ging in die Hocke, um einen Blick auf Feuerengels Gesicht werfen zu können. Doch es lag im Dunkeln. Was soll das, fragte sich der

100

Boss, was will der Kerl bloss? Was plant er denn? Tigerherz schien auch total verunsichert. Feuerengels Aktion war asymmetrisch genug, ihn total überrascht zu haben. Mach ihm den Garaus, Tiger, dachte der Boss bei sich und lächelte. Er wusste nur zu gut, dass Tigerherz genau dies nicht tun würde. Sein Elan war durch diese Verunsicherung gebrochen. Und so kaltblütig war er nicht. Nicht mehr. Seit er seinen Freund im Käfig getötet hatte, war er doch auch reifer und umsichtiger geworden. Und er hatte an Fähigkeit im Kampf gewonnen. An Präzision. Er wusste heute tödliche von nichttödlichen Techniken zu unterscheiden. Feuerengels Strategie entpuppte sich für den Boss als wesentlich reifer, als er anfangs dachte. Sie schien direkt auf Tigerherz zugeschnitten zu sein. Natürlich konnte sie auch nach hinten losgehen; Feuerengel pokerte hoch! Doch er hatte ihn wirklich erwischt.

Tigerherz pirschte sich an – ganz tief in die Knie gehend, jederzeit bereit einer überraschenden Attacke von Feuerengel entgehen zu können. Der Boss warf einen prüfenden Blick auf Feuerengels Beine. Dieser schien aber keinen solchen Angriff im Versteckten vorzubereiten. Warum nicht,

102

fragte sich der Boss verdutz. Tigerherz war unterdessen schon sehr nahe an Feuerengel herangekommen. Beinahe schüchtern streckte er seine linke Hand aus, um Feuerengels Gesicht zu fassen. Offensichtlich wollte er genau so sehr wie der Boss wissen, was in Feuerengel vorging. Seine rechte Faust war dabei zurückgezogen, jederzeit bereit, zuschlagen zu können. Doch was Tigerherz auch immer in Feuerengels Gesicht sah, es schien ihn vollends zu verwirren. Der Boss konnte es noch immer nicht sehen. Was denn, wundert er sich, während Tigerherz unterdessen genauso kniete wie sein

Gegenüber. Die Verwunderung stand ihm im Gesicht. Es ging eine Weile, bis er Feuerengels ausgestreckte Hand bemerkte. Doch dann packte er sie.

Sie geben sich die Hände, dachte der Boss irritiert. Was sollte das?

Das Wettverhältnis, dass es gar nicht zu einem Kampf kommen würde, musste astronomisch hoch sein, schoss es da dem Boss durch den Kopf. Der Boss grinste. Feuerengel war ein elender Lümmel! Der Boss war sich nun sicher, dass hier was im Busch war. Er winkte einen Wächter zu sich und wies ihn an, zum Wettbüro zu gehen um nachzusehen, ob eine solche

104

Wette ausgegeben worden sei.
Und wenn ja, galt es, die
Person hinzuhalten und ihr
bis auf weitere Anweisungen
des Bosses keinen Rappen
auszuzahlen. Der Wächter
nickte und verschwand in der
Menge.

Inzwischen war es sehr laut
geworden in der Halle.
Leute riefen und schrien.
Verlangten den Start des
Kampfes. Pfiffe waren zu
hören. Doch die beiden
schien es überhaupt nicht zu
berühren.

„He, ihr zwei", rief der
Boss den beiden zu, die
noch immer in der Mitte des
Käfigs knieten, „dies ist
kein Sonntagspicknick! Die

Leute wollen langsam mal ein paar Hiebe sehen!"

Die zwei drehten den Kopf Richtung Boss. Tigerherz schien verlegen, so als hätte der Boss ihn gerade bei etwas Verbotenem ertappt, machte allerdings nicht annähernd Anstalten der Aufforderung des Bosses nach zu kommen. Feuerengel war sehr vergnügt und geradezu fröhlich und entgegnete dem Boss etwas. Dieser verstand jedoch kein Wort, da die Menge begonnen hatte mit Bierdosen gegen die Gitter zu schlagen. Jetzt lachte Feuerengel offensichtlich sogar. Hatte er begriffen, dass der Boss kein Wort von dem verstanden hatte, was er sagte? Diesem schien es allerdings, dass Tigerherz irgendetwas gesagt haben musste. Wie auch immer, die beiden schien es einen Dreck zu kümmern, was nun gerade um sie herum geschah. Begannen sich gemütlich auf dem Bretterboden herum zu räkeln und blamierten mit ihrem plötzlichen Kampfunwillen keinen Geringeren als ihn, den Boss. Längst hatte dieser bemerkt, dass die bösen Blicke und die Pfiffe aus der Menge nicht nur den zwei unflätigen Lümmeln im Käfig galten, sondern auch ihm. Schon krachten ab und an gefährlich nahe die geschmissenen Bierdosen an die Käfigwand. Und doch kam der Boss zu seiner eigenen Verwunderung nicht umhin, irgendwo und in erster Linie – stolz auf die zwei zu sein. Es waren tatsächlich seine Jungs! Niemand in dieser grossen, weiten Halle würde es auch nur annähernd wagen, ihm derart die Hosen runter zu ziehen. Und das vor aller Welt. Sowas konnte, nein, musste ein wahrhafter Junge von ihm sein. Denn selbst jetzt, mit den Hosen derart unten, hatten die Leute eine Heidenangst vor ihm. Recht so!

„Na schön, Jungs", sagte der Boss zu sich selbst und lehnte sich seinerseits lässig gegen das

108

Käfigtörchen, „dann wollen
wir doch mal sehen, wer den
Längeren hat. Wie ihr wohl
hier raus zu kommen gedenkt?
Hast du auch daran gedacht,
neunmalkluger Feuerengel?"

Er versuchte, über die
Schulter Blickkontakt mit
einem der beiden aufzubauen.
Doch sie lagen nebeneinander
auf dem Rücken und schienen
über irgendetwas zu
diskutieren, was sie an der
vergitterten Käfigdecke
oder an der Grossmutter
sahen. So verstrich die
Zeit. In der Menge wurden
die Pfiffe und Rufe bald
weniger. Die Sprechchöre,
die sich zeitweise bildeten,
verstummten vollends.
Auch das Schlagen mit

den Bierdosen nahm ab. Offensichtlich liess die Enttäuschung der Leute nach, um ihren Kampf gekommen zu sein. Die Meisten schienen einzusehen, dass hier nichts mehr geschehen würde, und wandten sich zum Gehen. Der Boss spielte zeitweilig mit dem Gedanken, den einen oder anderen Wächter rein zu schicken, um den Jungs Beine zu machen, doch die Wächter, als sie den Blick des Bosses sahen, winkten sofort und vehement ab. Zu diesen Raubtieren wollte niemand rein. Sie waren doch nicht lebensmüde! Also blieb dem Boss nichts anderes übrig, als gegen das Käfigtürchen gelehnt zu bleiben, ruhig wie ein Tiger auf der Lauer

und harrend der Dinge, die
da kamen.

Feuerengel stand plötzlich
auf und deutete zum Boss.
Tigerherz erhob sich lachend
und beide schlenderten
gemütlich und als ob nichts
wäre zum Törchen.

„Die Leute gehen,
Vater", machte Tigerherz
unbekümmert, „der Kampf ist
vorbei. Lass uns raus."

Der Boss guckte weg und tat
so, als hätte er nichts
gehört.

„Weisst du, Tigerherz,
das Törchen lässt sich
eigentlich von innen ganz
gut öffnen", fand Feuerengel
und schickte sich an, durch
die Gitterstäbe hindurch den

Riegel zurück zu schieben. Er konnte gerade noch seine Finger zurückziehen, als der Boss danach schlug.

„Ach sieh an, wer hier gekrochen kommt!", blaffte der Boss und fletschte angriffslustig die Zähne. Feuerengel richtete sich langsam auf, baute sich so vor dem Boss auf, dass er ihm direkt ins Gesicht gucken konnte und konterte ruhig:

„Deine Worte, Boss: Im Käfig ist alles erlaubt, alles ist möglich."

Die beide sahen sich eine Weile direkt durchs Gitter in die Augen. Keiner blinzelte.

112

„Du bist ein verdammter
Besserwisser! Du weisst
genau, wie es gemeint ist.“

Die beiden Jungs im Käfig
guckten sich an und brachen
in schallendes Gelächter
aus.

„Aber, Vater, ist etwa nicht
alles erlaubt?“, machte
Tigerherz gespielt dumm
und treuherzig und wieder
giggelten die beiden.

„Ihr habt mich heute
ziemlich an den Eiern
gepackt, Jungs. Das nehme
ich euch sehr übel“,
meinte der Boss, konnte
sich aber ein Grinsen
nicht verkneifen, „ich bin
wirklich sauer“ – es klang,
als hätte er stolz gesagt

- „Zumal ich wirklich nicht weiss, warum ich zwei so faule Kerle wie euch hier je wieder zum Käfig rauslassen sollte."

Der Boss lehnte sich wieder gespielt lässig gegen das Törchen.

„Folgender Vorschlag, Boss", sprach Feuerengel mit scherzhafter Stimme, doch seine Augen waren auf einmal kalt, „du öffnest uns jetzt das Törchen und lässt uns zu dir rein, dann verspreche ich dir, dass ich dich heute noch nicht umbringen werde, um deinen Platz einzunehmen."

„Zu mir rein?", fragte der Boss schmunzelnd. Er begriff

114

jedoch, was Feuerengel meinte. So sagte er:

„Das nehme ich als ein Versprechen!"

„Dass ich dich heute noch leben lasse?"

„Nein", meinte der Boss ernst, „dass du von nun an nach meinem Leben trachten wirst, um meinen Platz einzunehmen!"

„Ich werde Feuerengel dabei helfen, Vater", sprach Tigerherz bestimmt.

„Einverstanden", nickte dieser. Der Boss lachte auf und öffnete den Käfig.

VII

„Verdammt, wir träumen alle vom selben Mädchen!", lachte Eisenblitz. Vor ihm lag ein ganzseitiges Zeitungsbild mit einem dürftig bekleideten Model. Verschiedene Spuren auf dem Papier zeugten davon, dass er und Tigerherz nicht die ersten waren, die über diesem Bild masturbiert hatten. Beinahe nachdenklich sassen die beiden da und begannen ihre jeweiligen Schwänze zu reiben.

„Es ist ein gutes Foto", sagte Tigerherz bestimmt.

„Das, wo ihre linke Brust entblösst war, war besser", fand Eisenblitz wichtig, „aber Blutschakal, dieser Hund, hat es irgendwo

118

versteckt und rückt es nicht mehr raus!"

Tigerherz schnaubte.

„Ich hoffe, ich kämpfe mal gegen ihn im Käfig, dann bringe ich den Scheisser um!"

„Frag ihn erst, wo er es versteckt hat."

Die beiden lachten, während sie weiter masturbierten.

„Ich werde sie eines Tages heiraten!", sagte Tigerherz im ernst-feierlichen Ton.

„Meinetwillen, ich will sie sowieso nur hart ficken", grunzte Eisenblitz und begann seinen Schwanz heftiger zu schruppen.
Es dauerte tatsächlich

nicht lange und er stöhnte erleichtert auf. Ein Sprutz weisser Schleim landete auf dem Papier – direkt auf dem Gesicht des Models. Eisenblitz schob seine Schwanzvorhaut noch zwei, drei Male mehr vor und zurück und verteilte was noch raus kam genüsslich auf dem Blatt.

„Du bist ein Schwein", machte Tigerherz, der unterdessen auch begonnen hatte, heftiger zu reiben.

„Wenn du sie unten zwischen den Beinen triffst, darfst du sie zuerst ficken von uns zwei!"

Tigerherz taxierte die Herausforderung mit einem

120

Grunzen und beugte sich vor, um besser zielen zu können. Sein Sperma traf das linke Bein, doch nur auf Kniehöhe.

„Knapp daneben ist auch vorbei", lachte Eisenblitz.

„Ich bin noch nicht fertig", keuchte Tigerherz und beugte sich vollends übers Bild, um die Spur bis zur vermeintlichen Vagina zu zeichnen.

„So!", machte er selbstzufrieden, „ich bums sie zuerst!"

„Das war geschummelt!", protestierte Eisenblitz scherzhaft, „ich finde sowieso, wir sollten sie gleichzeitig ficken."

Tigerherz lachte.

„Geht das denn überhaupt?"

„Natürlich", machte Eisenblitz abgeklärt, „einer in den Arsch, der andere in die Fotze."

Tigerherz war plötzlich wieder nachdenklich geworden, wie er das nun weiter besudelte Bild betrachtete.

„Glaubst du eigentlich, eine solche Frau will jemals wirklich etwas von uns wissen?"

„Warum nicht?"

„Aber… wie stellt man das an, dass sie mit einem bumst?"

122

„So ein Model ist eh
ne Nutte. Die brauchts
mindestens so wie wir!"

„Und dann gehst du einfach
zu ihr und machst – eh,
ich will ficken?", lachte
Tigerherz ungläubig, „dann
wird sie dir doch im besten
Fall eine reinhauen."

„Oder in die Eier treten",
grinste Eisenblitz.

„Deswegen würde ich sie auch
fragen, ob sie mich heiraten
würde!", sagte Tigerherz
bestimmt und versorgte
seinen erschlafften
Schwanz wieder in der
Hose. Eisenblitz spielte
schon wieder an seinem
rum. Er konnte und wollte
normalerweise mehrmals

hintereinander. Einmal hatte ihn sogar Tigerherz ganze drei Male hinter einander masturbiert. Eisenblitz rechte Hand war von einem Kampf verletzt gewesen und mit seiner linken ging es irgendwie schlecht, also bat er Tigerherz darum. Und seither war es bei den zweien Usus geworden, dass Tigerherz beim zweiten oder dritten Mal ungefragt mit Hand anlegte. So auch heute. Tigerherz griff wie selbstverständlich nach Eisenblitz Glied, welches sich sofort erhärtete, und begann es sachte zu reiben. Dieser lehnte sich mit hinter dem Kopf verschränkten Armen zurück und genoss den Service.

124

„Dein Schwanz wird sofort hart, wenn ich zupacke, was?"

„Na logo, Tiger", machte Eisenblitz anzüglich. Tigerherz konterte amüsiert:

„Nur schade, dass ich keine Brüste habe, was?"

„Und keine Fotze zwischen den Beinen", seufzte der andere behaglich. Tigerherz hatte begonnen kräftiger zu schruppen. Da sagte Eisenblitz plötzlich ernst:

„Der Boss wird dich niemals ein Mädchen heiraten lassen, nur weil du sie ficken willst."

Fragend schaute Tigerherz Eisenblitz an, während er

Hand wechselte. Also führte dieser aus:

„Der Boss hält uns hier keuscher als Mönche. Ich habe ihn mal gefragt, ob ich nicht in einem seiner Bordelle ficken gehen darf."

„Du hast was?", lachte Tigerherz auf.

„Der Boss hat Bordelle in der ganzen Stadt. Und wir sind doch seine Jungs. Er könnte uns ruhig mal eine Kostprobe gönnen. Aber nein, das kommt nicht in Frage!"

„Wie hat er denn reagiert?"

„Zuerst ist er fast vom Stuhl gefallen vor Lachen. Dann hat er mich wortlos verprügelt. Und dann meinte

126

er am Ende noch, dass ich
sowieso nicht über das
nötige Kleingeld verfügen
würde", erzählte Eisenblitz
zunehmend schwer schnaufend.
Tigerherz malträtierte
unterdessen sei Glied heftig
und mit beiden Händen.

„Tja, wir brauchen Geld",
machte Tigerherz ruhig und
konzentrierte sich weiter
auf den Schwanz vor ihm.

„Meine Worte", stöhnte
Eisenblitz, bäumte sich auf
und kam. Eisenblitz sah
Tigerherz eine Weile an,
noch immer auf dem Rücken
liegend. Das Feuer erlosch
nicht in seinen Augen. Dann
meinte er plötzlich in
befehlendem Ton:

127

„Nimm meinen Schwanz in den Mund. Leck ihn und besorg es mir so, Tiger!"

Dies war neu. Tigerherz ekelte sich. Doch es war sein bester Freund, also tat er es.

VIII

Sein Kinn schmerzte, in seinem Kopf pochte es fürchterlich. Ihm war schlecht. Doch jeder physischer Schmerz war im gerade recht und unerträglich zugleich. Unerträglich mit diesem anderen Schmerz. Eisenblitz war tot. Er hatte ihn ermordet.

Das Wasser der Dusche rann über Tigerherz' Körper als wäre es ein Umhang. Es nahm die Tränen mit. Tigerherz liess es geschehen. Er weinte stumm mit hängendem Kopf unter dem Duschstrahl. Er fühlte sich leer, erschöpft und dreckig. Der Boss stand bei der Tür des Duschraumes und rauchte.

132

Er hatte ihn nicht aus den
Augen gelassen, seit er
Tigerherz im Käfig k.o.
geschlagen hatte. Doch
diesem war es egal. Er hatte
dem Boss den Rücken gekehrt.
Er konnte die Tränen nicht
sehen.

Er brauchte die Tränen auch
nicht zu sehen. Der Boss
war eigenartig unruhig.
Er rauchte ununterbrochen.
Fürchtete er, an diesem
Abend auch noch einen
zweiten seiner Jungs zu
verlieren?

Ich bin ein blöder Idiot,
schoss es Tigerherz
durch den Kopf, ein
gemeiner, nichtsnutziger
Hund! Es wollte ihm kein
Schimpfwort einfallen, die

seiner selbstempfundenen Niedertracht irgendwie gerecht werden konnte. Ein Wort, das treffen würde wie eine Tracht Prügel. Tigerherz besah sich immer wieder seine Hände. Eisenblitz' Blut war schon lange abgewaschen, doch es fühlte sich nicht so an.

„Verzeih mir, Eisenblitz", weinte Tigerherz leise. Sie hätten nun hier zusammen geduscht. Sie hätten sich gegenseitig die Prellungen inspiziert und darüber gelacht. Wie sie immer über alles gelacht hatten. Vielleicht den einen oder anderen Vergeltungshieb ausgetauscht. Als Abrechnung. Es wäre gerecht

gewesen. Es wäre gut
gewesen.

Tigerherz war es schrecklich
übel. Er musste sich
übergeben. Es kam nicht
viel heraus, doch es
brannte im Hals. Der Boss
beobachtete ihn schweigend.
Sein Blick verriet seine
Sorge. Tigerherz drehte
sich etwas unbeholfen zu
ihm um. Der Boss packte den
Putzschlauch, der neben
ihm an der Wand aufgerollt
hing und drückte das Ende
in Tigerherz' Hand. Er
deutete ihm, die Kotze in
die Bodenrinne zu spülen
und öffnete den Hahn. Das
Wasser schoss unbändig
hervor. So heftig, dass
das Schlauchende beinahe

Tigerherz' Hand entrissen wurde. Doch er konnte gerade noch zupacken. Trotzdem traf ihn der erste Strahl am Oberkörper. Das Wasser war eiskalt. Tigerherz zuckte zusammen und erschauderte. Er zitterte am ganzen Körper. Ihm war plötzlich kalt. Schrecklich kalt.

Er versuchte, den Strahl ruhig auf die Kotze zu halten. Es gelang ihm schlecht. Sein Kopf pochte noch immer. Er war ihm noch immer übel und er fühlte sich geschunden. Schwindel packten ihn. Die Welt um ihn herum nahm er nur noch schemenhaft wahr. Tigerherz presste die Lippen zusammen und spritze die

136

Kotze restlos in die Rinne.
Endlich drehte der Boss
den Hahn zu. Er rollte den
Schlauch von der Wand her
wieder auf, nahm Tigerherz
das Schlauchende aus der
zitternden Hand und hängte
alles wieder an seinen
Platz. Wie ein schlotterndes
Häufchen Elend stand der
splitternackte Junge vor
ihm. Tigerherz wusste weder
ein noch aus. Ihm war nach
wie vor kalt, innerlich
wie äusserlich. Rundum
schrecklich kalt.

„Genug geduscht für heute",
brummte der Boss, einen
Zigarettenstummel im Mund.
Tigerherz tat keinen Wank.
Er sah den Boss nur stumm
an. Sein Blick trug den

Vorwurf in sich. Jämmerlich, empfand es der Boss, jämmerlich wie ein kleines Kind. Fragender Zorn war es, was Tigerherz ergriffen hatte. Doch er sagte kein Wort.

„Ich hatte dir nie befohlen, dass du ihn töten sollst", rechtfertigte sich der Boss ungefragt.

„Doch, das hast du", presste Tigerherz hervor und seine Fäuste ballten sich.

„Nein, das habe ich nicht. Du hast ihn getötet, als du ihm mit gestrecktem Bein in den Rücken gesprungen bist. Ich habe von dir lediglich verlangt, dass du es zu Ende bringst und Eisenblitz

nicht unnötig leiden lässt",
sprach der Boss ruhig und
eiskalt, „ich habe dich
mit Eisenblitz in den Käfig
gesperrt, damit ihr zwei
miteinander kämpft. Ihn zu
töten war ganz alleine deine
Entscheidung, Tiger!"

Tigerherz zuckte beim
letzten Wort zusammen, als
wäre es ein Peitschenhieb
gewesen. Er bebte am ganzen
Leib. Das war einfach nicht
wahr!

„Ich wollte ihn doch
unmöglich töten. Er war
mein bester Freund!",
schrie Tigerherz den Boss
aus voller Kehle an, obwohl
dieser wohl kaum weiter als
zehn, zwanzig Zentimeter
entfernt stand. Der Boss

blieb vollkommen ruhig. Er guckte ihn nur kalt und wortlos in die Augen. Tigerherz hielt diesem Blick nicht stand. Er hielt es nicht aus. Er schrie den Boss an. Mit aller Kraft und aus voller Kehle. Drehte sich im Kreis. Schrie den Boss nochmals an. Schlug mit der Faust gegen die Wand, dass die Wandfliesse einen Sprung bekam. Tobte. Schrie wiederum. Doch der Boss wich keinen Zentimeter zurück. Er guckte Tigerherz nur an. Wortlos. Kalt. Irgendwann war Tigerherz erschöpft. Er stand schwer atmend und mit gesenktem Kopf da, die Fäuste noch immer geballt.

„Bist du fertig?", fragte

der Boss tonlos. Tigerherz
hob den Kopf. Sein Blick war
leer und gleichgültig. Er
sah am Boss vorbei.

„Ich laufe weg", meinte er
nur, „diesmal wird mich
dein langer Arm nicht mehr
packen."

Der Boss atmete erleichtert
auf. Davonlaufen war gut.
Ein Gedanke, der einen am
Leben hielt. Und Tigerherz
war gänzlich untalentiert,
was das Davonlaufen
betraf. Er war vollkommen
durchsichtig in diesem
Punkt. Wieder würde er
versuchen, endlich zu seinen
Eltern zu gelangen. Er hatte
die komische Illusion,
seine Eltern könnten ihn
vor dem Boss bewahren. So

als ob sie nicht auch zu seinem langen Arm gehören würden. Sie hatten ihn doch hierher gesteckt, in die Kickboxschule. Der Boss lächelte unmerklich. Besser für den dummen Jungen, er würde seine Eltern nie erreichen.

„Hast du nicht gehört, Boss? Ich laufe weg. Bei der nächsten Gelegenheit!"

„Die nächste Gelegenheit ist morgen. Die Türen sind weit offen. Und meine Leute werden informiert sein", brummte der Boss stoisch, aber müde, „geh und trockne dich endlich ab."

„Lass mich doch einfach gehen", bettelte Tigerherz

plötzlich. Doch der Boss
schüttelte den Kopf.

„Ich werde dich zu fassen
kriegen. Dann werde ich dich
fürs Davonlaufen verprügeln,
wie immer. Du wirst mir
trotzig ins Gesicht gucken
und tapfer keine Träne
vergiessen, wie immer. Und
alles wird wiederum in seine
geregelten Bahnen laufen.“

Der Boss reichte Tigerherz
das löcherige Badetuch.
Dieser stand wieder mit
hängendem Kopf da. Der Boss
gab ihm einen aufmunternden
Klaps.

„Du kannst natürlich auch
einfach dableiben und
akzeptieren, dass dies hier
dein Platz ist auf dieser

Welt. Du bist einer meiner Jungs. Du gehörst mir. Ich werde dich niemals ziehen lassen!"

Tigerherz blickte zum Boss und liess sich von ihm wortlos ins Badetuch wickeln. Trotzdem, er würde davonlaufen!

„Ich werde veranlassen, dass du heute Abend im Schlafraum zwischen Blutschakal und Bärenkralle liegst", meinte der Boss lapidar und rieb Tigerherz' Rücken. Normalerweise hätte dieser sofort aufbegehrt. Aber heute war er sogar froh. Es graute ihm insgeheim davor, dort schlafen zu müssen, wo er noch letzte Nacht neben Eisenblitz gelegen hatte.

IX

„Wag es nicht, vor Ende des dritten Kampfes um dein Leben zu flehen!", hatte der Boss gesagt, bevor Feuerengel den Käfig betreten hatte. Nun kniete er in der Mitte des Käfigs, darauf wartend, dass der dritte Kampf beginnen würde. Der erste Kampf war hart gewesen. Der Boss hatte ihm den aktuellen Champion vor die Nase gesetzt. Dieser hatte über ein Jahr lang keinen Kampf verloren. Feuerengel hatte gewusst, dass seine Chancen, ihn zu besiegen, eigentlich gering waren. Dem Kerl war weder mit Kraft, noch mit Schnelligkeit, noch mit besserer Technik beizukommen. Und unter normalen Umständen hätte er auch verloren. Er hätte dem Champion einen guten Kampf geliefert und wäre aber trotzdem irgendwann in die Bretter gegangen. Dort hätte Feuerengel gewartet, bis der Boss ihn rausholen würde. Der Champion war nicht dafür bekannt, dass er aus Spass tötete.

Doch heute war kein gewöhnlicher Abend. Es war Feuerengels Todesurteil. Der Champion musste ihn umbringen, wenn Feuerengel in die Bretter ginge. Und wenn er es trotzdem nicht tun würde, würde der Boss einfach den nächsten schicken. Der – oder irgendwer – würde es dann tun. Würde ihn erledigen. Einfach tot schlagen. Feuerengel lächelte. Es war wie an seinem ersten Kampf. Sieg oder stirb!

Er brauchte einen Plan, hatte er gewusst. Eine richtig gute Strategie. Und er musste dafür pokern. Sehr hoch pokern. Zwei Male war er in die Bretter gefallen. Und jedes Mal aber, so schnell er konnte, wieder aufgesprungen. Zumindest das erste Mal gehörte zu seiner Strategie, den Champion in Sicherheit zu wiegen. Ihn leichtsinnig werden zu lassen, um auch nur eine einzige Chance zu haben, den Kampf zu gewinnen. Feuerengel wusste, diese

150

Chance kam tatsächlich, wenn
sie denn kam, nur einmal! Er
musst sich zusammenreissen.
Jederzeit bereit sein.
Doch der Champion liess
nicht nach. Er zeigte
keine Schwäche. Feuerengel
wartete, wartete auf die
eine Unachtsamkeit. Die
eine ungeschützte Flanke.
Er flog wiederum in die
Bretter – der Schlag war
hart. Er dachte schon, es
wäre aus. Verzweifelt sprang
er zurück auf seine Beine.
Die Sinne kehrten nicht alle
sofort zurück. Doch er hatte
Glück. Und Kampfreflexe.
Der Champion jagte ihn quer
durch den Käfig. Feuerengel
war in Panik. Er kämpfte
mit allem, was er hatte.
Rücksichtslos. Es ging nur

noch ums Überleben. Die Menge vor dem Käfig kochte. Was für ein Kampf! Und da war sie endlich, die eine Chance. Die eine Ablenkung des Champions. Feuerengel liess nichts anbrennen. Ein Fussfeger, und bevor der Champion wusste, wie ihm geschah, lag er schon auf dem Rücken am Boden. Feuerengel auf ihm, mit zum finalen Schlag ausgeholter Faust. Seine Augen waren wild, er schwitzte am ganzen Körper. Er atmete heftig. Doch er hielt zurück.

„Steh nicht auf", zischte Feuerengel, „bleib wo du bist… bitte. Ich kille dich sonst!"

Der Champion blieb liegen.

152

Er war besiegt. Der Boss
holte ihn raus. Feuerengel
blieb. Er war total
geschafft. Und zwei Male
in die Bretter zu gehen
hinterliess auch seine
Spuren. Wie gerne wäre er
mit dem Champion zum Käfig
raus. Doch der Boss hatte
ihn zum Tode verurteilt. Er
blieb drin, egal wie gut er
war, egal wie gut er siegte.
Also setzte sich Feuerengel
hin auf seine Knie und
wartete. Hatte er nicht
sein Herz verraten und es
verdient?

Der zweite Kampf war in
erster Linie kraftaufwendig
für Feuerengel. Der Gegner
war nicht unbedingt stark,
aber sonst in allen Belangen

Feuerengel ebenbürtig. Und so wusste dieser, dass, was immer war, er härter zuschlagen musste als sein Gegenüber. Härter schlagen als selbst getroffen werden. Einfach eiserner sein. So gewann er auch den Kampf. Der andere gab irgendwann auf, ging in die Bretter und blieb freiwillig liegen. Der Boss holte ihn heraus. Feuerengel war nun erst recht geschafft. Doch er hatte sich schon damit abgefunden, bleiben zu müssen. Darum schlug es ihm nicht mehr gleich auf die Moral wie beim ersten Mal. Er kniete sich wiederum hin wie nach dem ersten Kampf und wartete. Wartete auf seinen nächsten

154

Gegner. Sollte er den Boss um sein Leben bitten nach dem nächsten Kampf? Der Gedanke war verlockend. Aber würde der Boss ihm wirklich verzeihen? Und… würde er sich selbst verzeihen? Gegenüber dem Boss konnte er Reue zeigen. Doch war sie nicht gelogen, wenn er sie nur vorspielte? Feuerengel schüttelte den Kopf. Was waren das für Gedanken. Hatte er vergessen? Er hatte den Tod verdient. So hatte er das Urteil des Bosses angenommen. Er hatte sich entschieden. Heute Abend starb er.

Und doch konnte Feuerengel seinen Tod nicht einfach hinnehmen. Er hatte es in den Kämpfen nur zu deutlich gespürt. Etwas in ihm wollte leben. Einfach leben. Überleben. Und wenn es nur ein weiterer Kampf war. Also kämpfte er. Er würde kämpfen, solange es ging. Solange die Kraft reichte. Überleben, solange wie möglich. Was konnte er sich aufgeben?

Da bemerkte Feuerengel plötzlich etwas Merkwürdiges. Im Publikum, verborgen hinter den Leuten in den vordersten Reihen am Käfig, kniete eine Person. Sie kniete wie er, eindeutig! Und auch eine zweite solche kniende Person entdeckte er. Was war das, warum..?

156

Feuerengel blieb keine Zeit, sich weiter darüber zu wundern. Denn soeben betrat sein nächster Gegner den Käfig. Feuerengel schluckte leer, als er sah, wer es war. Von allen unmöglichen Kämpfern, die er sich an diesem Abend am wenigsten gewünscht hätte, war er an oberster Stelle: Blutschakal!

Sein Boss wollte ihn nicht nur tot, er wollte, dass er dabei schrecklich leiden würde, dachte Feuerengel entsetzt. Blutschakal war für seine Grausamkeit bekannt. Er genoss es, seine Gegner zu töten und noch mehr genoss er es, wenn er sie zu Tode foltern konnte. Einen Neuling hatte Blutschakal einmal über eine Stunde lang fürchterlichst gequält bis er ihn tötete. Feuerengel hatte es mitangesehen. Und der Boss liess Blutschakal gewähren. Es war der Käfig. Darin war alles erlaubt.

Blutschakal war kein starker Gegner, wusste Feuerengel. Unter normalen Umständen und im Besitz noch aller Kräfte, hätte er Blutschakal im Kampf einfach dominiert, keine Schwäche gezeigt, zwei, drei harte Hiebe platziert und dieser wäre recht bald freiwillig in die Bretter gegangen, um aus dem Käfig zu kommen. Zumal Feuerengel

bekanntlich zu diesen
gehörte, welche Gegner, die
sich ergaben, nicht tötete.
Blutschakal war im Grunde
ein Feigling. Ein Ducker,
der seine Grausamkeit nur an
Schwächeren auslebte.

Feuerengel sprang aus der
knienden Position direkt
und ohne sich aufzustützen
auf die Beine und nahm eine
drohende Kampfposition ein,
um Stärke zu demonstrieren.
Doch es war schon zu
spät – dies sah er in
Blutschakals unheilvoll
leuchtenden Augen. Ihr
erster Blickkontakt, als
Feuerengel noch kniete,
hatte ihn schon verraten. Es
hatte ihn schwach gezeigt.
Und erschöpft. Blutschakal

zu imponieren ging schon nicht mehr. Dieser hatte schon Blut gerochen!

Blutschakal griff Feuerengel ohne Umschweifen und mit vielen heimtückischen Finten an. Feuerengel musste aufpassen, um nicht sogleich von ihm dominiert zu werden. Dies wäre das Ende. Feuerengel wurde bewusst, dass, wenn er in seinem Zustand dieses Monster besiegen wollte, er ein noch viel Schlimmeres werden musste. Mit fieseren, gemeineren und heimtückischeren Techniken und Tricks, damit in der Hauptsache der Gegner litt. Doch dazu musste er sich erst Luft verschaffen.

160

Mit einem geschickten Schwung warf er Blutschakal gegen das Gitter. Nun hatte er seine benötigte Verschnaufpause und grinste grimmig.

„Du hast es so gewollt. Ich werde dich heute töten!", sagte er zum anderen, der sich anschicken wollte, ihm die Atempause zu verkürzen. Doch es war zu spät. Feuerengel tauchte unter seinem Angriff durch, packte Blutschakals Arm, riss ihn nach hinten, drückte dabei gegen dessen Schulterblatt und machte nochmals einen heftigen Ruck. Er spürte, wie Blutschakals Arm aus dem Schultergelenk sprang. Dieser brüllte auf vor

Schmerz. Feuerengel gab ihm jedoch keine Zeit, irgendwie zu reagieren oder zu entweichen. Schon hatte er sich den anderen Arm geschnappt und machte mit ihm dasselbe. Auch hier knackte es. Endlich schaffte es Blutschakal, seinem Peiniger zu entkommen.

Mit zwei hängenden Armen drückte er sich gegen das nächste Gitter, vor Schmerz schwer atmend und mit weitaufgerissenen Augen. Er konnte seine Arme nicht mehr heben. Er hatte Todesangst. Er urinierte ungehemmt. Die Leute hinter dem Gitter wichen vor Ekel aufschreiend zurück. Feuerengel baute sich vor Blutschakal auf, als wäre er der Todesengel in Person.

„Lass mich am Leben",
flehte Blutschakal.
Feuerengel grinste nur böse.
Schwärzestes Feuer loderte
in seinen Augen.

„Lass mich leben, bitte,
lass mich leben!", jammerte
der andere in Todespanik.
Feuerengel schüttelte
langsam und böse den Kopf.
Er kannte kein Erbarmen
mehr. Also meinte er
höhnisch:

„Nein, Blutschakal, du hast
recht. Es macht tatsächlich
höllisch Spass, jemanden zu
Tode zu quälen!"

Feuerengel packte den
Wehrlosen beim Hals und warf

in zur Mitte des Käfigs. Dort stolperte dieser und fiel zu Boden. Mit Anlauf sprang Feuerengel mit den Knien voran auf ihn drauf. Er schlug mit den Fäusten auf Blutschakals Schultern. Lachte dabei lauter, als dieser vor Schmerz brüllen konnte. Riss ihn hoch, schmiss ihn gegen ein Gitter, sprang ihm in den Rücken. Brach ihm ein Knie. Trat dem zu Boden liegenden zwischen die Beine. Mehrmals. Feuerengel tat alles, was ihm an Grausamkeiten einfiel. Er war wie in Trance. Das Publikum feuerte ihn an. Schrie, Pfiff. Johlte über jedes schmerzerfüllte Brüllen und Wimmern

164

Blutschakals. Schliesslich stand Feuerengel ausser Atem über dem schon mehr tot als lebendigen Jungen. Ihm fielen keine weiteren Grausamkeiten mehr ein.

„Jetzt werde ich dich zertreten wie eine Kakerlake!"

Er setzte seinen Fuss auf die Kehle des am Boden Liegenden und verlagerte sein Gewicht darauf. Blutschakals Augen öffneten sich weit. Quollen hervor. Auch der Mund öffnete sich, doch es kam nichts mehr raus. Feuerengel wartete. Wartete, doch Blutschakal wurde nicht schlaff. Also wartete er länger. Irgendwann war es ihm zu dumm. Er hob seinen Fuss, zielte und trat ein, zwei Mal kräftig mit dem Rist gegen Blutschakals Kehle. Der Hals brach. Der Junge am Boden verendete endlich und endgültig.

Das schwarze Feuer verliess Feuerengel. Er taumelte, als ihm bewusst wurde, was er gerade getan hatte. Mehr torkelnd als gehend kam er zur Mitte des Käfigs, wo er wiederum auf seine Knie fiel. Unterdessen betraten zwei Wächter den Käfig, um Blutschakals Leiche hinaus zu schleifen. Feuerengel wendete den Blick ab.

„Bitt den Boss nun schon um dein Leben. Er lässt dich bestimmt raus!", zischte

166

einer der Wächter beim
vorbeigehen Feuerengel zu.
Dieser kniete reglos da, mit
hängendem Kopf. Er ekelte
sich zutiefst vor sich
selbst. Nein. Er hatte den
Tod verdient.

X

Beim ersten Kampf eines Neulings war es üblich, dass ein erfahrener Kämpfer im Käfig auf diesen wartete. So war Tigerherz schon drin, als der andere ankam. Er hatte noch keinen Namen. Tigerherz lächelte. Er erinnerte sich an seinen ersten Kampf. Wie er aufgeregt war, als er den Käfig betrat. Wie er versuchte seinen Gegner grimmig anzugucken. Aber er hatte furchtbare Angst. Die Augen des anderen waren tot. Der Käfigblick. Dann begann der andere ihn zu verdreschen. Er wusste sich kaum zu wehren. Und da wurde er wütend. Und er drosch

170

zurück. Wie ein Tiger. Darum
gab ihm der Boss auch diesen
Namen. Er kämpfte plötzlich
wie ein Tiger und war doch
noch so ein herziger Junge.
Tigerherz. Der andere ging
auf einmal zu Boden. Er
hatte damals gewonnen.

Das Törchen ging auf und
der Neuling betrat den
Käfig. Nicht zögernd oder
schüchtern – irgendwie
schien er fast freudig
erregt. Er brüllte
theatralisch und versuchte
wohl irgendwie eine
männliche Pose, aber es
war nur das Miauen eines
Stubenkätzchen. Ein erster
Blick von Tigerherz, der
am gegenüberliegenden
Gitter entlang getigert

war, genügte, um dem Jungen klar zu machen, wo er sich wirklich befand. Nicht auf dem Spielplatz. Nein, dies war ein Tigerkäfig. Hier starb man! Hinter dem Neuling fiel laut krachend das Törchen ins Schloss.

Tigerherz hatte nichts gemacht, ausser, dem anderen in die Augen zu sehen. Schon las er panische Angst. Der schien es nun begriffen zu haben. Er war in einen Käfig gesperrt mit einem anderen Kerl. Dieser war grösser, stärker und er durfte mit ihm machen, was er wollte. Doch nicht ganz respektlos, dachte Tigerherz bei sich und schlenderte gemütlich auf

den Jungen zu. Dieser nahm
tapfer eine Kampfposition
ein. Lektion Nummer eins
beim Boss, lachte Tigerherz
innerlich. Doch die Fäuste
des Neulings waren viel zu
nahe an seinem Körper, als
dass er damit effektiv etwas
blocken konnte. Tigerherz
versetzte dem Neuling einen
Tritt in die Magengrube,
sodass er ins Gitter flog.
Der Neuling war darauf
nicht gefasst gewesen
und hatte entsprechend
die Bauchmuskulatur
nicht angespannt. Ein
Anfängerfehler. Er übergab
sich noch im Flug und
sank am Gitter zu Boden.
Tigerherz wartete, die
Hände lässig in die Hüfte
gestemmt, dass sich der

andere erholen würde. Er hatte Zeit. Doch der andere erholte sich nicht. Er zeigte nun seine Panik offen und versuchte, von Tigerherz weg zu kommen. Dieser ging ihm relativ gemächlich nach, sich immer an die Mitte des Käfigs haltend. So musste der Rennende früher oder später in einer Ecke in der Falle sitzen. Gerade als der Junge wiederum an ihm vorbei in eine andere Ecke ausbrechen wollte, verpasste ihm Tigerherz einen weiteren Tritt gegen die Hüfte, sodass er gegen die Käfigwand flog.

„Du kannst nicht rennen, Junge, du bist im Käfig", sagte Tigerherz seelenruhig

174

und schritt auf den
Angesprochenen zu. Dieser
drehte sich zum Boss um, der
sich hinter ihm befand.

„Bitte, bitte, Boss, lass
mich raus!", flehte er mit
tränenversetzter Stimme,

„Bitte Boss, ich will nicht
mehr. Lass mich bitte raus!"

„Vater, lass ihn raus!",
bat Tigerherz gutmütig
– unterdessen war er beim
Neuling angekommen. Der
Boss spuckte zu Boden und
entgegnete mit verächtlichem
Blick, er brauche keine
Feiglinge an seiner Schule.

„Du hast Vater gehört",
machte Tigerherz, packte
den Neuling im Nacken und
zog ihn Richtung Mitte des

Käfigs. Dieser wagte es nicht einmal mehr, sich zu wehren.

„Vater will, dass ich dich umbringe", sagte Tigerherz gleichgültig.

„Bitte, lass mich leben", flehte der Neuling unter Tränen.

„Du willst leben? Dann schlag mich k.o!", der andere zitterte am ganzen Leib. Tigerherz hielt ihm die Wange hin.

„Schlag zu, los!", der andere zögerte.

„Was ist? Schlag schon!"

Er schlug. Doch zaghaft. Tigerherz bewegte sich nicht einmal.

176

„Das war nichts!", ärgerte er sich, „schlag kräftiger!"

Der andere schlug nochmals. Tigerherz schüttelte den Kopf.

„Das war auch nichts! Tu es nochmals. Schlag oder stirb!"

Auch der dritte Schlag war kläglich. Tigerherz sah missmutig zum Neuling.

„Das ist nicht deins, was?", stellte er fest. Der andere schüttelte zustimmend den Kopf.

„Also gut", machte Tigerherz gelassen, „jetzt bin ich dran. Jetzt schlag ich dich dreimal!"

Panik schoss dem Neuling in

die Augen, doch Tigerherz liess ihn nicht rennen. Er verpasste ihm einen Fausthieb mitten ins Gesicht, so dass dieser regelrecht mehrere Meter weit davonflog. Tigerherz setzte ihm sofort nach. Packte den am Boden liegenden am Bein und schwang ihn durch die Luft, so dass dessen Kopf am Gitter entlang scheuerte. Blut spritze, die Leute hinter dem Gitter kreischten erregt. Das Gesicht des Jungen war total zerschnitten vom Gitter. War er schon tot nach dem ersten oder nun, nach dem zweiten Schlag? Er war es bestimmt nach dem Dritten. Die Menge johlte. Tigerherz brüllte

178

wie ein wildes Tier. Der
Boss nickte zufrieden und
liess ihn heraus.

XI

Er schlief wie ein Engel. Der Boss strich ihm übers kupferfarbene Haar. Dann zündete er sich eine weitere Zigarette an und betrachtete die Stadt vor dem Fenster. Es war Tag geworden. Die unzähligen Zigarettenstummel auf dem Fensterbrett bezeugten, dass der Boss die Nacht hier zugebracht hatte, über den geschundenen Feuerengel wachend. Seit er im Käfig erschöpft zusammengebrochen war, war er noch nicht wieder aufgewacht. Doch sein Atem ging normal. Der Arzt hatte ihm eine Spritze verabreicht. Jetzt hiess es zuwarten.

182

Er ist ein zäher Hund,
dachte der Boss. Acht Kämpfe
hintereinander. Alle acht
gewonnen. Am Ende kniete
sogar das ganze Publikum.
Kniete wie der störrische
Bengel. Aber den Mund
brachte er nicht auf, um den
Boss um sein nacktes Leben
zu bitten. Der Boss grinste
und schüttelte den Kopf. Er
hätte Feuerengel definitiv
am liebsten nach dem dritten
Kampf herausgeholt. Wie
er den Champion besiegte
im ersten Kampf. Und dann
Blutschakal erledigte. Das
war kein Kampf, das war ein
Massaker. Genau so, wie es
Blutschakal gerne tat mit
Schwächeren. Das Publikum
liebte Feuerengel für diese
beiden Kämpfe. Es waren die

Zuschauer gewesen, die um Feuerengels Leben bettelte. Nicht mit Worten, nein. Aber der Boss hat es in den Augen der Leute gesehen. Sie knieten vor ihm – im Gegensatze zum Bengel. Sogar die in der Loge hatten sich am Ende hingekniet. Alle wollten sie, dass der Boss Feuerengel verschonte, und doch hatte jeder einzelne von ihnen gegen ihn gewettet!

Der Boss drückte bitter lächelnd seine Zigarette aus. Alle hatten gegen Feuerengel gewettet, ausser er. Ausgerechnet er, der ihn zum Tode verurteilt hatte. Konnte er ahnen, einen solchen Dickkopf in den

184

Käfig geschickt zu haben?
Acht Kämpfe jeweils gegen
einen Gegner, der frisch
war. Doch der Boss wusste,
dass dieser Kerl so einfach
nicht tot zu schlagen war.
Darum liess er auf ihn
setzten und hatte alles
gewonnen.

Er erinnerte sich, wie
er Feuerengel zum ersten
Mal gesehen hatte. Dieser
war noch ein kleines
Strassenkind gewesen. Er
prügelte sich mit einem
Rudel verwilderten Hunde
um irgendein vergammeltes
Lebensmittel im Abfall.
Sie waren ihm zahlenmässig
überlegen, bissen und
kratzen ihn, doch er gab
nicht auf. Er prügelte, biss

zurück. Der Boss hatte es gesehen und wusste, dass er dieses Kind brauchte für den Käfig. Er nahm ihn in seine Kickboxschule. Er hatte sich nicht getäuscht!

Feuerengel bewegte sich im Bett. Stöhnte leise und öffnete ein wenig die Augen.

„Sch…", machte der Boss, „alles ist gut."

„Warum bin ich nicht mehr im Käfig?", fragte eine schwache Stimme verwirrt.

„Weil ich dich rausgeholt habe."

„Aber… ich habe doch den Tod verdient?", fragte es leise und Feuerengel versuchte, sich irgendwie zu drehen,

186

doch schien es zu schwer zu schmerzen, als dass er es tun könnte.

„Alles tut weh!“

„Dann bewegt dich einfach nicht“, sagte der Boss leicht amüsiert. Dann fuhr er fort:

„Pass auf, Junge, ich habe dir verziehen.“

Feuerengels verschlafene Augen blickten fragend zu ihm auf.

„Ich möchte, dass du von nun an immer ehrlich zu mir bist, Feuerengel. Und ich möchte, dass du mir sagst, was du denkst. Ich möchte auch, dass du mir sagst, wenn du meinen Anweisungen nicht Folge leisten kannst. Klar?"

Feuerengel nickte leicht und verhalten. Sein Blick war aber kein bisschen weniger fragend geworden.

„Natürlich werde ich dich bestrafen, wenn du meine Anweisungen missachtest. Aber ich möchte dich nie wieder bestrafen müssen, weil du mich anlügst. Und wenn es dein Herz ist, das dir sagt, mir entgegen zu gehen, will ich, dass du für dein Herz einstehst!"

„Lügen ist feige", machte es leise.

„Ich hasse Lügner. Und noch mehr hasse ich Feiglinge!", machte der Boss ernst und

188

wollte sich anschicken, zu gehen, als eine schüchterne Hand ihn am Hosenbein zurückhielt. Zum Fragenden in Feuerengels Blick war eine Prise Angst getreten. Er versuchte, sich etwas aufzurichten, doch es schien ihm die Kraft zu fehlen und so unterliess er es.

„Ich will dich nie wieder anlügen, Boss", meinte der Junge leise, aber bestimmt, „…und weil ich es wirklich ernst meine, möchte ich dir eine Frage stellen."

Der Boss nickte ihm aufmunternd zu und steckte sich eine weitere Zigarette in den Mund.

„Ich verstehe es nicht

und ich frage mich das schon lange, doch ich hatte immer Angst, dich zu fragen…", rechtfertigte sich Feuerengel. Der Boss versuchte ein Lächeln. Ermutigt begann also der Junge:

„An meinem ersten Tag an deiner Schule hast du den Trainer erschossen. Du hast ihm einfach die Knarre an den Kopf gehalten und dieser ist explodiert. Wir waren voller Blut und… du hast ihm nicht einmal gesagt, warum."

Feuerengel machte eine Pause. Das Sprechen schien ihn zu ermüden. Auf den verwunderten Blick des Bosses hin beeilte er sich allerdings, weiter auszuführen:

190

„Ich meine, wir haben es dann erfahren. Er hatte sich an Schülern vergriffen. Er hatte es wohl verdient. Er war ein Scheusal. Das ist es nicht, was ich nicht verstehe!"

Feuerengel blickte den Boss, der mit brennender Zigarette im Mund zustimmend nickte, noch immer ängstlich an, als er weiterfuhr:

„Was ich nicht verstehe, ist, warum… warum du Kinder zum Sex in deinen Bordellen anbietest?"

Der Boss stand stumm am Fenster und rauchte seine Zigarette zu Ende. Feuerengel hatte furchtbare Angst, den Bogen überspannt zu haben. Endlich durchbrach er die Stille.

„Es… es ist wohl eine blöde Frage…"

„Überhaupt nicht", grunzte der Boss und gab Feuerengel eine gehörige Kopfnuss.

„Die ist dafür, dass du mir diese Frage erst jetzt stellst! Weisst du denn nicht, dass jede nichtgestellte Frage ein bisschen dein Herz tötet?"

Feuerengels Augen wurden ganz gross.

„Es gibt da draussen so viele Leute", der Boss deutete mit einer neuen Zigarette zum Fenster raus, „die deshalb so stumpf durch

192

die Welt wandeln, weil ihre
Herzen ob den nie gestellten
Fragen gestorben sind. Die
dachten auch immer, sie
wären alle nur blöd, weil
sie niemand hören wollte.
Und zweitens", der Boss
kam nun lachend und mit
der Faust drohend zurück
vor Feuerengels Bett, „was
stellst du mir für eine
verdammt schwierige Frage,
Bengel!"

Feuerengel lächelte und
versuchte aber tiefer ins
Bett zu schlüpfen, um einer
möglichen, weiteren Kopfnuss
zu entgehen. Der Boss war
allerdings zum Fenster
zurückgekehrt und guckte
nachdenklich hinaus.

„Warum, warum…", murmelte

er und drehte sich dann so plötzlich zu Feuerengel um, dass dieser aufschreckte.

„Na schön, ich werde dir eine knifflige Antwort geben! Und zwar könnte sie so lauten…"

Der Boss war schon zu Feuerengel zurück getigert und setzte sich an dessen Bettrand.

„Im Käfig ist nicht dasselbe, wie ausserhalb, nicht wahr? Im Käfig ist alles erlaubt. Alles ist möglich. Doch ausserhalb gibt es Regeln. Viele und strenge Regeln. Und wenn du sie nicht befolgst, dann bestrafe ich dich hart.", der Boss strich

dem aufmerksam lauschenden
Jungen über den Kopf.

„So erlebst du den Käfig.
Die Leute aber, die kommen,
um dich darin kämpfen zu
sehen, die erleben ihn ganz
anders. Sie sehen in ihm
etwas ganz anderes. Für sie
ist der Käfig ein Bildnis.
Sie sehen dort das Tier.
Den Teufel. Den Unhold, der
auch in jedem von ihnen
steckt, den aber jeder von
ihnen tief in sich drinnen
genauso in den eigenen Käfig
sperrt. Würden sie das nicht
tun, dann wären wir zu einem
zivilisierten Zusammenleben
nicht fähig. Wenn wir uns
nicht an die Rolle halten
würden, die jedem zukommt
in unserer Welt. Wenn wir

die Regeln und Abmachungen missachten, was soll denn werden mit der Welt? Das Regime mag von Freiheit und Mitbestimmung schwatzen – dies hat nichts mit der Wirklichkeit zu tun. In Wahrheit sind wir gefangen ausserhalb des Käfigs. Wir halten uns gegenseitig gefangen!"

Der Boss blickte eine Weile stumm vor sich hin. Dann wandte er sich wieder Feuerengel zu.

„Vielen mag es vielleicht nicht bewusst sein, was sie zum Käfig zieht. Es würde mich nicht wundern, dass die allermeisten dies gar nicht durchschauen. Warum er sie geradezu magisch anlockt. Dass er in ihnen etwas so Tiefsitzendes, so Existenzielles anspricht. Es ist wie ein Kult. Woher die Kraft nehmen, das innere Tier eingesperrt zu halten? Dies gelingt nicht immer allen. Manche haben schrecklich starke Tiere in sich. Also kommen sie zum Käfig. Deshalb wollen sie es sehen. Wie sich dort Jungs wie die Tiere zerfleischen. Wie es ausschaut, wenn ein Mensch sein Tier nicht versteckt. Sie nehmen neue Kraft für ihren eigenen Käfig darin. So erleben die Leute den Käfig. Wenn ihr euch gegenseitig prügelt und totschlagt, so ist das für sie wie eine Läuterung. Es ist wirklich eine

Kultushandlung für sie."

Der Boss machte wieder eine Pause. Feuerengel blickte nachdenklich vor sich hin.

„Es ist ein dunkler Kult", fuhr der Boss fort, „Darum braucht er auch einen Satan. Das absolute Böse. Das Monster, welches nicht im Käfig ist. Das bin ich. Das ist meine Rolle in der Welt."

Der Boss strich dem Jungen übers Haar. Feuerengel fiel auf, dass seine Augen überhaupt nicht zu dem passten, was er sagte. Es lag so viel Wärme in ihnen.

„Ich bin wie jene mythische Gottgestalt, welche seinen Söhnen die Liebe so beweist, indem er sie frisst. In der Hoffnung, eines Tages die gleiche Liebe auch von einem Sohn zu erfahren. Es ist Bestandteil dieser, meiner Rolle, zur Wurzel allem Verruchten und Bösen dieser Welt zu gehören. Bordelle, in denen Kinder prostituiert werden sind da nur ein ganz kleiner Aspekt. Weisst du, Feuerengel, für eine Nummer mit einem Kind kann ich vom Freier mindestens vier Mal mehr verlangen als bei einer erwachsenen Prostituierten. Und ich brauche dem Kind kaum etwas vom Geld abzugeben. Ich wäre in den Augen der Welt nicht nur ein miserabler Teufel, sondern auch ein unvernünftiger Geschäftsmann, würde ich mich darauf nicht einlassen."

Feuerengel sah ernst zum Boss und runzelte die Stirn. Er sagte jedoch nichts. So fuhr der Boss fort:

„Ich erlebe den Käfig im Grunde noch einmal ganz anders als ihr, meine Jungs, meine Söhne!" – dabei strich er dem Jungen nochmals lächelnd übers Haar – „oder die Leute davor. Für mich ist der Käfig wie durchgestülpt. Innen ist aussen und umgekehrt. Um das Monster in der Welt sein zu können, wie es meine Rolle verlangt, habe ich mein Herz in den Käfig gesteckt."

„Das ist traurig", sprach

200

Feuerengel plötzlich leise und ernst.

„Nein", entgegnete der Boss bestimmt und lächelte, „ich möchte es nicht anders. Weil mein Herz im Käfig ist, ist dort überhaupt alles möglich. Alles erlaubt. Es ist frei!"

Der Boss erhob sich und kniff Feuerengel väterlich in die Wange.

„Frei… oder etwa doch verloren?", dachte der Junge laut, „trotzdem, Boss, du tust mir leid!"

Aus Feuerengels Augen sprach eine aufrichtige Traurigkeit.

„Was?", fuhr der Boss

belustigt auf, „ich tue dir leid?"

„Ja", machte der geschundene Junge nur. Der Boss war unterdessen schon bei der Türe.

„Er ist halb tot und ich tue ihm leid. So ein Saumlümmel!", der Boss schüttelte belustigt den Kopf, „Jetzt bemitleidet mich dieser Bengel sogar!"

Er verliess das Zimmer, doch bevor er die Türe schloss, drohte er lachend:

„Komm du nur bald wieder auf die Beine, Saubengel, damit ich dich ordentlich prügeln kann, wie du es verdienst! Saulümmel!"

202

Noch lange hörte Feuerengel
den sich entfernenden Boss
schallend lachen.

XII

Tigerherz spürte nichts, als er nun zum Käfig schritt. Er hatte sich daran gewöhnt. Er hatte begriffen, dass er hierher gehörte. Es spielte keine Rolle, wo er eingesperrt war – im Käfig oder in der Schule, trotz den offenen Türen. Ein Entkommen gab es nicht. Er gehörte dem Boss. Seinem Vater.

Es würde ein Kampf wie die anderen auch. Feuerengel schien ein starker Krieger zu sein. Der Todesengel, wie man ihn manchmal auch nannte. Er hatte Blutschakal regelrecht massakriert. Ziemlich grausam. Tigerherz hatte es gesehen und war beeindruckt. Er hatte für den anderen Kerl nie viel übrig gehabt. Vielleicht würde ihn Feuerengel heute genau so töten. Oder er ihn. Es war egal. Hauptsache, Feuerengel war ein Gegner, der wusste, hart zuzuschlagen.

Der Boss schien guter Laune zu sein. Feuerengel riskierte einen flüchtigen Seitenblick auf seinen baldigen Gegner. Er stand vollkommen ruhig und abgeklärt da. Wartete, dass der Boss ein Zeichen gab oder etwas sagte. Nun gut, Feuerengel hatte sich entschieden. Er reichte seinen weissen Kapuzenmantel dem Wächter hinter ihm, genau so tat es der Junge neben ihm.

„Also schön Jungs, ihr kennt die eine Regel des Käfigs!", sagte der Boss wenig komisch.

„Regel Nummer eins: es gibt keine Regel", machte Tigerherz gleichgültig als würde er eine Aufgabe auswendig aufsagen.

„Ich finde dieses Paradoxon zum Kotzen", ärgerte sich Feuerengel und stieg unaufgefordert in den Käfig. Tigerherz schlüpfte ihm sofort nach. Feuerengel bewegte sich zur Mitte des Käfigs. Er folgte ihm, im Rücken bleibend.

„Ist doch egal, ob es eine

Regel gibt oder nicht.
Unfrei sind wir trotzdem in
und ausserhalb des Käfigs!",
sprach Tigerherz trotzig.
Feuerengel drehte sich nicht
zu ihm um aber entgegnete:

„Freiheit ist eine Frage
des Herzens, nicht der
Gitterstäbe."

Feuerengel war stehen
geblieben und musterte
selbstvergessen die Menge
vor dem Gitter, welche
die zwei erwartungsvoll
anglotzte. Merkte er nicht,
dass Tigerherz ihn einfach
von hinten anfallen könnte?
Dieser war ihm gefolgt, doch
er hatte es nicht eilig,
Feuerengel zu verdreschen.
Also blieb er stehen und
brummte:

„Was denn?"

„Es geht darum, sich zu entscheiden und dann dazu zu stehen. Ich werde es dir zeigen", kam die sofortige Antwort. Dann brüllte Feuerengel plötzlich auf wie ein wildes Tier und sprang in das Gitter direkt vor ihm. Erschrocken purzelten die Leute rückwärts. Tigerherz grinste. Na warte, ich bin doch hier der Tiger, dachte er bei sich, brüllte ebenso und sprang in der entgegengesetzten Richtung, ohne Rücksicht zu nehmen und Brust voran ins scharfe Gitter. Die Enden der Stäbe sowie die Lötstellen rissen seine nackte Haut auf, doch es war ihm egal. Schon

wieder sprang er brüllend
ins Gitter.

Die Leute schrien entsetzt
und freudig erregt zugleich.
Feuerengel konnte es in
ihren Augen sehen. Sie
fürchteten ihn. Und sie
vergötterten ihn. Er war
das Tier. Das Tier in jedem
von ihnen. Doch sie hatten
unrecht, wusste Feuerengel.
Denn mit dem Tier hielten
sie auch ihr Herz gefangen!
So hielten sie sich für
Menschen und waren doch nur
Leute.

Der Blick der beiden traf
sich wie von alleine.
Es war Zeit, spürte
Tigerherz. Zeit, dass
es begann. Endlich. Die
Augen Feuerengels waren

genau so tot wie seine eigenen. Der Käfigblick. Panthergleich bewegten sie sich langsam aufeinander zu. Er war total leer in diesem Moment. Alles um ihn herum war verschwunden. Es gab nur noch den Gegner vor ihm. Gleich würden sie sich treffen. Aufeinander treffen. Auftreffen. Da knickte Feuerengel ein. Er fiel auf die Knie. Direkt vor Tigerherz. Ein Schlag, er wäre besiegt. Ein Zweiter, er wäre tot. Tigerherz blieb verunsichert stehen. Ich habe mich entschieden, dachte Feuerengel. Ich werde nicht mit dir kämpfen, Tiger. Nun entscheide du dich!

212

Das ist ein Trick, schoss es Tigerherz durch den Kopf. Er konnte Feuerengels Gesicht nicht sehen. Dieser hielt den Kopf gesenkt. Was war es? Tigerherz war einen Moment wie paralysiert.
Er wusste nicht, was hier vorging. Er musste in Feuerengels Augen sehen, um Klarheit zu kriegen. Augen logen nicht. Vorsichtig näherte er sich dem Knieenden. Immer darauf aus, zuschlagen zu können oder wegzuspringen. Er fürchtete, dass Feuerengel jeden Moment den Kopf heben und ihn dann das schwarze Feuer des Todesengel anblicken könnte. Tigerherz ging in die Knie, ganz vorsichtig – immer noch jeden Moment aufspringen

und zuschlagen könnend.
Langsam, fast behutsam
fasste er Feuerengel mit der
flachen Hand an der Wange
und hob dessen Kopf. Es war
kein schwarzes Feuer, das
Tigerherz in den Augen des
anderen Jungen sah. Es war
ein Feuer, wie er es noch
nie im Käfig gesehen hatte.
Tigerherz' Knie berührten
den Boden. Nun sass er
gleich da wie Feuerengel
vor ihm. Er entspannte
sich. Es war nicht der
Todesengel, der vor ihm
kniete. Es war irgendjemand
anderes. Es war ein Mensch.
Tigerherz konnte seine
Augen nicht abwenden. So
verstrich die Zeit, bis er
Feuerengels Hand bemerkte.
Sie war ausgestreckt,

214

offen, einladend. Fast
benommen griff Tigerherz
nach ihr. Sie fühlte sich
angenehm kühl an, weich
und vertrauenserweckend.
Da begriff Tigerherz
endlich und erwiderte den
Händedruck. Feuerengel
lächelte. Hatte er soeben
ein verloren geglaubtes Herz
gefunden!

Die Menge vor dem Käfig
wurde unruhig. Tuscheln,
dann Gerede wurde laut.
Warum wurde nicht gekämpft?
Was hatte das zu bedeuten?